羽場楽人
ILLUST
らんぐ
2
みんなの
アイドルが
俺に
ガチ恋する
わけがない
MINDOL

YUHO
クラスのアイドル
高校二年生
皆守悠帆《みなもり・ゆうは》
MORI
KANATA
自称、虹の女神
虹乃彼方《にじの・かなた》
観光客のアイドル
高校二年生
柊アイラ《ひいらぎ・あいら》
TSUGU
レプリカを追い求める少年
高校二年生
瀬武継陽《せぶ・つぐはる》

人気グループ、
ビヨンド・ジ・アイドルの元メンバー
高校一年生
恵麻久良羽《えま・くらう》
RAN
ビヨンド・ジ・アイドル
現役センター
立石蘭《たていし・らん》

「アンコール、ありがとうございます」

「まだまだいけるよね！」

「皆さんのおかげで、最高のライブになりました」

「たくさんの人が来てくれて感激しちゃった！」

「私達にとって今日は特別な一日です」

「この景色、一生忘れないから！」

「最後まで楽しんでください」

「アンコールはもちろん、あの曲だよ！」

「それでは聞いてください」

「「七色クライマックス‼」」

「フハハハハ、
虹の女神の復活なんだぞ！」

CONTENTS

MINDOL 2

everyone's idols
can't help
falling love with me

BEYOND THE IDOL

Author: Rakuto Haba
Illust: rangu

Design: Kai Sugiyama

みんなのアイドルが
俺にガチ恋するわけがない2

羽場楽人

GA文庫

カバー・口絵　本文イラスト
らんぐ

CHARACTER

KURAU EMA

恵麻久良羽

●

超人気アイドル「ビヨンド・ジ・アイドル」でセンターを務めた美少女。とある事件によりアイドルを引退後、一般人として夜虹島にある天文台高等学校に入学。一年生。少々先走る癖アリ。

RAN TATEISHI

立石蘭

●

人気アイドル、ビヨンド・ジ・アイドルの単独センター。奔放な性格で周囲を振り回すが、現場での対応力は抜群に高い。写真集の撮影で夜虹島に訪れていたが……。

TSUGUHARU SEBU

瀬武継陽

●

主人公。天文台高等学校に通う高校二年生。銀髪。本人に悪気はないが鈍感無表情のマイペースな性格なために、会話がかみ合わないこともしばしば。

YUHO MINAMORI

皆守悠帆

●

天文台高等学校に通う高校二年生。久良羽のファン。人当たりが良くおっとりした性格からクラスのアイドル的存在。継陽と同じアルバイト先で働いており、彼に片想い中。

AIRA HIIRAGI

柊アイラ

●

継陽とは同級生なクール系美少女。サバサバした姉御肌な振る舞いから、クラスのみんなから頼られている。実家の仕事を手伝っており、観光客のアイドルとして有名。

KANATA NIJINO

虹乃彼方

●

夜虹島に伝わる虹の女神を自称する謎の幼女。常に上から目線の引きこもりゲーマーだが、レプリカについては誰よりも詳しい。わけあって瀬武家に居候中。

everyone's idols can't help falling
love with me

第一話 この夏、好きだった人と再会した

everyone's idols can't help falling love with me

「瀬武《せぶ》っち、また来てくれたんだ！　いつもありがとう！」

俺《おれ》の顔を見た途端、推しのアイドルである立石蘭《たていしらん》ちゃんは最高の笑顔で迎えてくれた。

アイドルに想《おも》いを寄せるのは叶《かな》わぬ恋だ。見返りを求めるだけ苦しくなる。

そうわかっていても、会いたくなってしまう。

今日は俺の好きなビヨンド・ジ・アイドルの新曲発売イベントだった。

ＣＤ購入者特典としてお渡し会への参加券が渡される。

３ｒｄシングル『七色クライマックス』はＰＶ公開時からアイドルファンのみならず幅広い層で話題になっていた。

デビュー時から応援していたビヨアイ古参のファンとしては、ブレイク寸前特有の気配を感じていつも以上に浮き足立ってしまう。

その証拠に今日のイベントに集まったお客の数はこれまでより爆増していた。

不思議なもので人が多ければ多いほどテンションも上がってしまう。

俺は長い列に並び、ようやく立石蘭ちゃんと対面する。

「新曲の『七色クライマックス』、最高です！　蘭ちゃんの歌唱パートはかわいくて耳が天国ですし、ダンス・パフォーマンスがすごく上達してて感動すら覚えました。ダブルセンターの魅力が炸裂《さくれつ》していて、絶対ヒットしますよ！」

開口一番、新曲の感想をテンション高く伝える。

本人を前に緊張して喋《しゃべ》れなくなってしまうなんて勿体《もったい》ない。

限られた時間を少しでも、ありったけの想いを彼女に伝える。焦《あせ》って早口気味になってしまったし、直前に拭いたはずの手汗がまた浮かんでいる。

だけど、蘭ちゃんは俺の手をしっかりと握ってくれた。

「瀬武っちがいつも褒めてくれるおかげで、あたしも練習がんばれたんだ。喜んでもらえてよかった！　これからも応援してね！」

リップサービスだとしても、その言葉は人生が色鮮やかにしてくれる。

この瞬間に向けられた笑顔が胸を高鳴らせた。

交わした言葉が幸福な記憶となる。

「はい、時間です」と無感情な声で引き剝《は》がされる。

一分にも満たない制限時間付きの逢瀬《おうせ》。

彼女の手が離れ、笑顔は遠ざかり、あっさりと現実に引き戻される。

「あー楽しかった。今日も最高だったな」

終わってからも俺の心は満足感でいっぱいだ。

楽しい時間がすぐに終わるとしても、俺はその瞬間に全力を賭《か》けたい。

意味とかコスパとか関係ない。好きだからそうするのだ。

俺こと瀬武継陽《つぐはる》はアイドル・立石蘭のファンで、彼女をどんな時も応援する。

――そう思っていた。

立石蘭に関する多くの記憶。

そこに付随した無数の感情。

あれほどの情熱を燃やし、心を動かされ、感動に震えていた――それらの彩《いろど》り豊かな感情は今や俺の中で色褪《いろあ》せていた。

燃え尽きて灰になったように、記憶はモノクロでしか思い出せない。

□■□■

一年中夏みたいな気候の夜虹島《やこうじま》が、カレンダー上で夏を迎えたところで大きな変化はない。

せいぜい毎日暑いのが毎日すごく暑くなり、休暇に合わせて観光客が激増する程度だ。

観光業を主たる収入源とする島民達は夏こそ稼ぎ時。

それはアルバイトの明け暮れる学生達も同じだった。

俺こと瀬武継陽もそのひとりである。

夜虹島に来て、二度目の夏。

去年の夏休みに東京から引っ越してきた時は、友達や知り合いはひとりもいない。

家にいても暇だろうと、兄貴の瀬武来悟《らいご》が店長をしているサマーモンタージュ・カフェで人生はじめてのアルバイトをはじめた。

慣れない接客業に苦戦しながらも少しずつ知り合いも増え、島での生活に馴染《なじ》んできた矢先、――崖から落ちて入院してしまう。

頭も強く打ったせいもあり、去年の夏の記憶は今も曖昧《あいまい》なままだ。

それでも俺はなんとか生きている。

今年の俺は立派な島の住人として、ほぼ毎日のようにサマーモンタージュ・カフェで働いていた。アメリカ西海岸風をイメージしたオシャレな店内は昼も夜も客足が途絶えない。

この夏だけで名物であるアメリカンサイズのハンバーガーを数え切れないほどテーブルに運んでいた。

「継陽。そこの椅子も裏に運んでおいてくれ」

臨時休業にも拘《かか》わらず店内には多くの人がいた。

彼らはお客ではない。

本日はここで、人気アイドルグループ、ビヨンド・ジ・アイドルでセンターを務める立石蘭が写真集の撮影を行う。

その撮影チームは、貸し切りの店内で朝から準備を進めていた。

照明やモニターなど撮影機材を設置し、写真の背景となる店内のレイアウトを変更するため椅子やテーブルを移動する。

俺も友人達と店側の撮影補助として、準備を手伝っていた。

撮影につかわない椅子を、準備の邪魔にならないように裏口から外に運び出す。

普段はスタッフの休憩スペースとして利用している外の一角に椅子を次々と並べていく。

一脚二脚ならいざ知らず、椅子を持って何往復かするとそれなりに疲れてくる。

ようやく最後の椅子を移動した頃には汗だくだ。

庇《ひさし》がつくる日陰も昼の気温では大した涼もとれない。Tシャツの袖《そで》で顔の汗を拭《ぬぐ》いながら、喉《のど》の渇きを自覚する。

「作業お疲れ様です。熱中症にならないように水分はこまめに摂ってくださいね」

そう思ったタイミングで、背後から水分補給するように声をかけられる。

聞き覚えのあるかわいらしい声。

振り返ると、サングラスをかけた若い女性がいつの間にか立っていた。

「ここからお店に入れるよね？」

「すみません。関係者以外の方はご遠慮いただいています」

「大丈夫。関係者どころか、今日の主役だから」

勝手に俺の横を抜けて入ろうとするので、マニュアル通りに対応。

腕を出して通せんぼうすると、女性は「え、ダメなの？」と肩を竦《すく》める。

「困ります。ここは従業員専用の出入り口ですので、一般の方は通れません」

「一般の方でなければOKなんでしょう？　なら、あたしは問題ないと思うけど？」

そう答えた女性の口元には、愉快そうな微笑が浮かんでいた。

俺はまたズレた返答でもしてしまったのだろうか？

相変わらず自分の言動には自信がない。

改めて、彼女の容姿を見た。

年齢は俺と同世代か、わずかに上くらい。

サングラスがやたら大きく見えるのは、彼女の顔がとても小さいからだろう。肩のあたりで整えられた綺麗《きれい》なボブヘアー。耳には胡蝶蘭《こちょう》の白い花びらを模した飾りのピアスが小さく揺れる。肩や背中の大きく出ているキャミソールにデニムのショートパンツというリゾートらしい開放的な薄着。さらに冷房と日差し対策に大振りの柄物のショールを肩にかけていた。

首元の細いネックレス。さらに胸の谷間へ視線を誘うように白い肌の上には鎖骨、胸元《むなもと》のあたりに小さなほくろがふたつあった。

長い手足はほっそりとしていながらも、なにかスポーツで鍛えられたようなしなやかな筋肉がついているのが見て取れる。

思春期男子が直視するには、目に毒なほど健康的な魅力に溢《あふ》れていた。

健全なはずなのに、なぜかドキドキしてしまう。

同時に元アイドルで今は同じ高校の後輩となった女の子と知り合っていたおかげで、目の前に立つ女性の正体に思い至る。

あぁ確かに声に聞き覚えがあるのも当然だった。

そもそも瀬武継陽は、彼女がデビューした時から知っている。

ビヨンド・ジ・アイドルでダブルセンターを務めた恵麻久良羽《えまくらう》と双璧を成していた人気メンバーが、ここにいる彼女だ。

「――、立石蘭」

ほとんど無表情で固定されているはずの俺の顔に浮かんだわずかな驚きを合図に、彼女はゆっくりとサングラスを外す。

現れた素顔は、子どもの無邪気さと大人の色香の両方を感じさせた。

「おはようございます。ビヨンド・ジ・アイドルの立石蘭といいます。今日はお世話になります。よろしくお願いします」

人懐《ひとなつ》っこい笑みに変えて、立石蘭は丁寧に挨拶《あいさつ》をしてくる。

本物の現役《げんえき》トップアイドルがそこに立っていた。

——俺は、昔の瀬武継陽が応援していたアイドルと向き合っていた。

この奇妙な巡り合わせに言葉を失い、固まってしまう。

「もしもーし。大丈夫？　日射病？」

立石蘭は心配そうに呼びかけてきた。

「すまない。急なことで心の準備ができていなかった」

俺は咄嗟《とっさ》にそう取り繕う。

柄にもなく自分が緊張しているのがわかった。

感情は凪《な》いでいるのに、肉体だけが勝手に反応している。そんな感じだ。

いきなり本物の現役アイドルを前にした動揺か、年相応の羞恥心《しゅうちしん》なのか。とにかく膝《ひざ》が笑いそうだった。

こんな緊張は今の俺になってはじめてだ。

昔好きだったアイドルは、やはり男にとって特別な存在なのだろうか。

俺はいつも以上にぎこちなくなる。

「いいよ。いきなり声をかけたのは、あたしだもの。気にしないで」

「恐縮だ」

「君、高校生だよね？　銀髪なんて、ずいぶん派手な色にしたね。イメチェンしたいお年頃《としごろ》？」

彼女は俺の髪色を興味深そうに見つめていた。

「これは地毛だ。染めてはいない」

「ほんとに？　ちょっと触っていい」

彼女は俺が許可を出すよりも先に頭へ手を伸ばし、前髪を遠慮なくかき上げた。

あまりにも自然な振る舞いに俺は今度こそ止めそびれる。

他人に髪を触られる経験なんてほとんどないから、どうしていいかわからない。

ただ、別に不快ではなかった。

「へぇ、根本まで綺麗にぜんぶ真っ白だ。銀髪に染めたわけじゃないんだね。それに、前髪が長くなったのは……額の傷を隠しているのかな。ごめんなさい」

立石蘭は俺の傷に気づくと申し訳なさそうに乱れた髪を整えるように、頭を撫《な》でた。

好奇心が強いのか、男女の壁を意識しないタイプなのか。

「アイドルは、初対面の男の髪に平気で触れるのか？」

「誤解させちゃう？」

彼女は小悪魔っぽく笑ってみせた。

「期待に沿う反応はできないと思うぞ」

こちらは自他ともに認める鈍感男で通っている。

「いいよ。あたし、アドリブ大好きだから、逆に燃えちゃう」

「俺は苦手だ」

「ほんとに？　もうしらばっくれるのやめなよ？　あたし達、会ったことあるでしょう？」

人気アイドルは近所のお姉さんのような気さくさで、こちらの落ち度を指摘してきた。

妙なことを言われ、はじめて目と目が合う。

澄んだ瞳《ひとみ》はどこか咎《とが》めるようだった。

「やっと顔を見てくれた。そのよそよそしい態度はいつまで続けるの。瀬武っち？」

立石蘭はかわいらしいニックネームで俺のことを呼んでくる。

「……瀬武っち？」

俺は首を傾《かし》げる。

「あれ、違ったっけ？　えーっと名前は確か、瀬武……なんとか春くんだよね」

彼女が思い出そうとするジェスチャーはどこかわざとらしい印象を受けた。

もしくは、あえてバカっぽい芝居をすることがファンサービスの一種なのかもしれない。

「瀬武継陽で合っている」

「ほら、やっぱり！　うんうん、瀬武継陽だから瀬武っち。久しぶり、元気そうだね。また会えて嬉《うれ》しいよ」

立石蘭は街中で親しい友達とばったり再会したように、さらに相好を崩す。

「昔の俺を、覚えているのか？」

俺は二重の意味で驚かされた。

ひとつは単純に過去の俺を知る相手が現れたこと。

もうひとつはアイドルが一ファンでしかない瀬武継陽の顔を覚えていたことだ。

「もちろんだよ！　瀬武っちはイベントによく遊びに来てくれたじゃん。握手したし、サインだってしたよ。もしかして忘れたの？　それともあたしは過去の女なの？　推しの子が変わった罪悪感でとぼけている？　なら気にしないで、アイドルファンならよくあることだしうるさくは言わないよ」

立石蘭は一気にまくし立てる。

本心とも冗談ともとれる遊び心ある言い方で、面白《おもしろ》い子だと思った。

「記憶はしている。ビヨアイの『七色クライマックス』のＣＤにもサインをもらった」

嘘《うそ》のない範囲で説明する。

ビヨアイの新曲発売イベントに参加した際、瀬武っちという呼び名を彼女につけられた。憧《あこが》れのアイドルに間近で会えて、ニックネームまでつけてもらえて昔の俺は喜んでいた。

ワンテンポ遅れて、その過去を思い出す。

記憶は引き出しの中に納まっているが、どの引き出しに入っているのか。

今の俺には、すぐにはわからない状態なのだ。

「ほんとに？　忘れていなかったぁ？」

蘭はからかうように訊《たず》ねる。

「今でも机の上にCDは置いてある。その節はありがとう」

「大切にしてもらえてよかった。前に久良羽から送られてきた写真に、顔に見覚えのある子が一緒に写っているなって思ってたんだよ。不思議な縁だよね」

「イベントに来るファンはたくさんいるのに、よく俺の顔を覚えていたな」

自慢ではないが顔の薄さは今も昔も大差ない。

この島に来る前は、本来の黒髪と相まってさらに特徴のない平凡な少年だった。

「瀬武っちはビヨアイのデビュー当時から応援してくれていたでしょう。だから、特別」

「記憶力がいい」

「喜ぶポイントが違わない？　髪色だけじゃなくて、キャラもかなり変わったよね」

彼女はツボにハマったらしくケラケラと笑いだす。

「それで、なぜ正面の入り口ではなく裏に？　お忍びの理由でも？」

撮影チームとは別にロケバスで後から到着するとは事前に聞かされていたが、どうして裏口にひとりで現れたのだろうか。

「こっそり現れて、久良羽を驚かせたくて！　あの子も来ているんでしょう？　昨夜ラインをした時にそう聞いたけど」

「今回の撮影補助に久良羽を誘ったのは俺なので」

撮影の日取りが決まると、普段のシフトとは別で店長である兄貴が撮影補助の人員を募った。

そこでアルバイトの中から数名に加えて、久良羽にも声をかけた。

「……久良羽を下の名前で呼ぶんだ。お堅いあの子がよく許したね」

「本人からそう呼ぶように言われた」

「へぇ。男の人には超ガード硬かったのに、瀬武っちとはそんな親しいんだ」

蘭の目が探るように細まる。

「たまたまだ」

「ふーん。ねぇ、瀬武っちも久良羽へのサプライズを手伝ってくれない？」

立石蘭は久良羽に会うのが待ち切れない様子で、すごく活《い》き活きしていた。

「不器用なので、そういうのは苦手だ」

「すぐに断るなよぉ。ファンならアイドルのお願いを叶えてよ」

蘭は子どもっぽくごねてみせる。

「すみません」

「むー、じゃああたしの呼び方も、蘭にしてよ」

蘭は唐突に、さらに突飛な提案をしてきた。

「――。それは立場上、さらに難しい」

俺は方々への影響を鑑《かんが》みて、断る。

仮にも撮影場所のアルバイトの分際で、主役である彼女を呼び捨てにはできない。

「あたしが、いいよって許しているのに？」

「ただでさえ誤解されやすいんだ」

「昔は、蘭ちゃんって言ってくれてたのに。親しみをこめてもらえると嬉しいんだよ」

「俺はアイドルを尊敬している」

むくれる立石蘭に対して、俺は自分の立場を訴えた。

親しき中にも礼儀あり。好意を示しつつも一線はきちんと守る。

「はーこれから仕事なのに、テンション下がるなー。昔のファンから冷たい態度をとられるのはさびしいなー。これじゃあ今日の仕事に支障が出ちゃうなー」

蘭は両手で顔を覆《おお》いながら泣いているような素振りをしながら、指と指の間からこちらの出方を窺《うかが》っている。

棒読みの脅迫もいいところだ。

いくら鈍い俺でも、撮影に支障が出れば皆が困ることくらいわかる。

「……周りに誰《だれ》もいない時はそう呼ぶ。蘭」

店にいる時間は気持ちよく過ごしてもらいたい。

店長である兄貴の教えに従い、俺なりの臨機応変な対応をとることに決めた。

この判断は迎え入れる立場としては間違っていないと思う。

「おっと、不意打ちの呼び捨てはちょっとドキっとするね」

蘭は照れる。

「ちゃんづけは、どうも言いづらい」

「蘭でいいよ。あと、敬語も堅苦しいからタメ語でＯＫ」

蘭は親しげに俺の肩にポンと触れる。

今の俺にとってはほぼ初対面である立石蘭。

世のアイドルとはこんなに気楽に話せるものなのだろうか。

恵麻久良羽の時とは正反対だ。

久良羽と出会った直後はかなり警戒されており、いつ通報されてもおかしくなかった。

アイドルと言っても色んなタイプがいるものだ。

「瀬武先輩、まだ外にいるんですか？　中の作業が途中なので、手を貸してほしいとお兄さんが呼んでいますよ？」

そのタイミングで、急に裏口の扉が開いた。

一目見た瞬間、かつての騒動を思い出して緊張が走る。

元人気アイドル・恵麻久良羽とまったく同じ顔。

長くしなやかな髪を左右に束《たば》ねたツインテール。

そこにいたのは、レプリカのエマクラウだった。

「――こんな昼間にレプリカが現れるなんて⁉　いつの間にまた虹に降られた⁉」

俺は蘭の盾になるように彼女を背に回した。

□■□■

「瀬武先輩！　待って、足元確認。ちゃんと影がある！　髪も結んでいるだけ！」

久良羽は俺の本気の反応が予想外だったらしく、慌てて髪をまとめていたゴムを外した。

視線を落とし、彼女の足元にはくっきりと影が落ちていることを確認。

よかった。彼女は正真正銘、本物の恵麻久良羽だった。

かつてビヨンド・ジ・アイドルに所属し、蘭と一緒にダブルセンターを務めていた美少女。

目を奪われるような美人と言えば、彼女のことが真っ先に浮かぶ。

色白の小顔に宝石のような大きな目、整った鼻筋は美しい形をしており、小さな唇は薄桃に艶《つや》めく。

今日は俺達と同じく胸元に店名の入ったTシャツとスキニーデニム、清潔感のある小綺麗な白のスニーカーというシンプルなコーディネート。カジュアルな装いでも、着る人が違うだけでずいぶんとオシャレに見える。しかもジャストサイズで着ているので、その細身ながらも女性的な起伏に富んだ魅力的な身体《からだ》つきは一層強調されていた。

「びっくりしたぞ……」

「久良羽、久しぶりぃ！」

立石蘭は恵麻久良羽に抱きついた。

「え、蘭ちゃん⁉　どうして裏口にいるの？」

子どものように喜ぶ蘭を、久良羽も慣れた態度で自然に受け入れていた。

「久良羽を驚かせようと思って。会いたかったよ‼」

「私も会いたかった。元気だった、蘭ちゃん？」

「すごくさびしかった。久良羽のいないビヨアイは、ビヨアイじゃないみたいなんだもの」

「そんなこと言わないで。いつも応援してたよ。単独センターにも慣れてきたんじゃない？」

「隣に久良羽がいないのがいまだに信じられないよ」

抱きつきながら蘭はポロポロと涙を流す。

生き別れた家族や恋人と再会したような感激っぷりである。

「これから撮影なのに泣かないの。目が腫《は》れちゃうってば。せっかくのファースト写真集なんだよ。ちゃんと綺麗に撮ってもらわなきゃ」

「だぁって、久良羽にまた会えたのが嬉しくてぇ」

「大げさだな。引っ越したじゃない」

「島遠いんだもん。気軽に会えないじゃん。タクシーでワンメーターのところにいてよ」

「近所に住んでも、蘭ちゃんが忙しいから会う暇もないでしょう」

久良羽はポケットからハンカチを取り出して、蘭の涙をそっと拭いてあげていた。

身長も久良羽の方が高いため、どちらが年上なのかわからかない。

十六歳の久良羽はまるで姉のように、十九歳の蘭をなだめる。

ビヨンド・ジ・アイドルを紅白出場アイドルというスターダムに押し上げたダブルセンターの熱い抱擁は、ビヨアイファンが見たら感涙にむせぶだろう。

ふたりはお互いを慕い合い、姉妹《しまい》のように仲がいいのがよくわかる。

「はぁ、久良羽の感触、懐かしい」

「ひゃっ！」

抱きついた蘭の手はそのまま久良羽の背中や腰、お尻《しり》を遠慮なくまさぐった。

「しかも辞めたのに体型が変わってない。細いままをキープしている」

「蘭ちゃん、そうやって気軽に触らないでよ」

久良羽はくすぐったそうに身をよじらせて、蘭から離れる。

「足りなーい。もっと抱かせてぇ。じゃないと、また泣いちゃう」

「もう涙も落ち着いているでしょう！」

女子同士の遠慮のないじゃれ合いを前に俺は無言のまま立っていた。

「瀬武先輩、ほったらかしにしてすみません」

「気にするな。俺は先に戻っている」

「いいえ。私も今日はお手伝いで来ているんです」

久良羽は生真面目《きまじめ》な態度で、俺と一緒に戻ろうとする。

「待ってよ、久良羽。あたしを置いていくの？」

感動の再会をあっさり切り上げたことに、蘭は明らかにショックを受けていた。

「久良羽、蘭と会うのは久しぶりなんだろう？　君は気にせず――」

「蘭？　なんで呼び捨て？」

久良羽の眉《まゆ》がピクリと跳ねた。

「いーじゃん。久良羽だって下の名前なんだし、これでお揃《そろ》いだよ。それにあたしと瀬武っち、実は結構古い付き合いなんだよ」

蘭はいきなりフランクに俺の肩に手を回してくる。

「瀬武っちって⁉　蘭ちゃん、近いから！　無闇《むやみ》に近づきすぎないの！」

「えーあたしと瀬武っちの仲なんだから問題ないってば」とめちゃくちゃドヤ顔だ。

わざわざ意味深な言い回しをすることで、久良羽をからかって楽しんでいる。

「蘭。なんのつもりだ？」

俺が耳元で問う。

「ちょ、息吹きかけないでよ。こそばゆいんだから」

「コソコソとイチャつくな！」

久良羽が吼《ほ》える。

「俺は質問をしているだけだ」

弁明するが、久良羽はお気に召さない様子だった。

「しかし、瀬武っちは動じないね。アイドルとほぼ密着状態だよ。緊張とかしないの？」

「十分している」

「顔に出そうよ。ウケる」

「きっと、久良羽って美人で慣らされているおかげだ」

「うわー美人慣れしているなんて贅沢《ぜいたく》ッ！　でも、すごいわかる！　久良羽なら目の保養になるもんねぇ」

蘭は激しく共感していた。

「あぁ、早々お目にかかれるものじゃない」

「芸能界には美男美女がいくらでもいるけど、久良羽レベルは中々いないんだよねぇ」

「いいから離れて！　肩を組んだまま話す必要ゼロでしょう」

焦《じ》れた久良羽が俺達を強引に引き剝がした。

「妬《や》いてるの？　久良羽もお年頃なのかしら？」

蘭は悪戯《いたずら》っぽく目を細めた。

「ただの常識としての問題ッ！」

「別におっぱい触らせているわけじゃないんだから、肩を組んだくらいセーフだって」

「アイドルがおっぱいとか迂闊《うかつ》に言わないのッ！」

ふたりがおっぱい、おっぱいと連呼するから俺の視線も彼女達の胸元に向いてしまう。

「ほら、瀬武っちも今あたしの谷間を見てたでしょう？」

「瀬武先輩ッ!!」

蘭の無邪気な指摘と久良羽の鋭い叱責《しっせき》。

ビヨンド・ジ・アイドルのかつてのダブルセンターに左右から迫られるというのはアイドルファンからすればご褒美《ほうび》にも等しい。

だが、美少女達のお相手は俺には手が余る。

長居は無用と俺は逃げるように中へ戻ろうとしたら、先に裏口の扉が開いた。

現れた年齢不詳の美女は、俺達三人をぐるりと見回す。

「蘭。いつまで遊んでいるの？　メイクと着替えするんだから、さっさと来なさい」

「塔子《とうこ》ちゃーん、感動の再会なんだよ。マネージャーなんだから空気を読んでってば」

一見して厳しそうな印象のマネージャー相手にも、蘭の砕けた態度は変わらない。

「伊達《だて》さん、ご無沙汰《ぶさた》しています」

対照的に、久良羽は緊張気味に挨拶する。

「元気そうね、久良羽。また会えて嬉しいわ」

マネージャーである伊達塔子は表情を変えない。

見た目の若々しさで二十代にも見えるが、その風格のおかげでずっと年上にも思えた。

リゾート地である夜虹島には似つかわしくないパンツスーツ姿。キャリアウーマン然とした凛々しい雰囲気と知的な眼差《まなざ》しは、いかにも仕事ができそうだ。黒々とした艶のある髪は背中まで伸びている。モデルのように均整のとれたスタイルで女性にしては上背があり、さらに高いヒールを履《は》いていることで、上から場を支配する威圧感を放っていた。

自らの影響力を心得ている者特有の余裕は、周囲の人間の背筋を自然と伸ばさせる。

「蘭。今日は懇親《こんしん》会もあるんだから話なら撮影を終えてからにしなさい」

伊達塔子は、ごねている蘭を強制的に引っ張っていく。

「久良羽、瀬武っち。また後でね！」

蘭は名残惜《なごりお》しそうにこちらを見ていた。

□■□■

「今の人、ビヨアイのマネージャーか？」

「伊達塔子さんって言って、ビヨアイをトップアイドルにまで押し上げた超敏腕マネージャーです。人気グループになったのも、あの人がいたおかげです！」

いまだ全幅の信頼を寄せているのが、久良羽の言葉から伝わってくる。

「もしかして、ビヨアイの冠番組でたまにワイプに抜かれている女の人か」

久良羽と知り合って以来、俺もタイミングが合えばビヨアイの番組は見るようになった。

「伊達さんは美しすぎるマネージャーとしてファンや業界では有名ですから」

「その割に、久良羽にはあっさりとした態度だったな」

仮にも昔世話をしていた少女に対して、あんなにも他人行儀なものなのだろうか。

ビジネス上の付き合いと割り切っていたのか、久良羽の辞めた経緯から最低限のやりとりに留《とど》めているのだろうか。

「私はもう一般人ですから。……やっぱり蘭ちゃんの仕事に立ち会うのは迷惑だったかな」

「蘭は喜んでいた。君だって仕事でここにいるんだ。店内にいれば、会話することもあるだろう。特に、向こうから話しかけてきたら無視する方が失礼だ」

蘭のあの様子では、この後もいっぱい声をかけてくるだろう。

久良羽も積もる話がいっぱいあるのを我慢しているように見えた。

現場への気配りを欠かさない久良羽に感心しつつも、構えすぎではないかとも思う。

「はい！　その、正直、瀬武先輩にお手伝いとして誘われたって口実がなかったら、もっと気が引けていたと思います」

「店側のスタッフについて、とやかく言われる筋合いはない。文句を言われたら、俺が抗議する。サマーモンタージュ・カフェはスタッフを大事にする店だ。俺が久良羽を守る」

兄貴の教えに従い、俺もまた誘った責任を果たしてみせる。

「……そういう台詞《せりふ》を真顔で言わないでくださいよ、まったく」

久良羽は、か細い声でなにか呟《つぶや》く。

「よく聞こえなかったから、もう一回言ってくれ」

「いきなり人をレプリカ呼ばわりする人には言いませんッ！」

「君が紛《まぎ》らわしい髪型をするからだろう。レプリカのエマクラウがもう一度現れたのかと本気で慌てたぞ」

「す、少しでも私だって気づかれないための変装です」

「それは無駄だ」

「どうしてですか？」

久良羽は唇を尖《とが》らせた。

髪型を変えて別人になれるなら、芸能人も堂々と街中を出歩けるだろうに。

「恵麻久良羽の魅力を、髪型くらいで隠せるわけがないだろう」

俺が答えると、久良羽は一瞬だけ固まる。そしてすぐに背中を向けた。

「そ、そうですか。ま、まぁ私をレプリカと勘違いする先輩の節穴っぷりには呆《あき》れるしかないですね。さあ、戻って準備を続けましょう！」

早口ながらも、彼女の声が微妙に上ずっているように聞こえた。

「久良羽、悪かったよ」

「悪いと思うなら、もっと女の子のことを観察してください。瀬武先輩は鈍い人なんですから」

「いつも迷惑をかけてすまない」

俺は念のため先回りして謝っておく。

「迷惑かけるのは構わないんですよ。誰だって完璧じゃないですし、私も、瀬武先輩に助けてもらって感謝しているくらいです」

「なら、観察しろってどういう意味だ？」

「女の子は、その……」

久良羽はわずかに言い淀《よど》む。いつも歯切れのいい彼女にしては珍しい。

「どうした？　言ってくれ。遠慮することはない」

彼女の言葉の先を促す。

「女の子は、好きな人に気づいて欲しい生き物なんです！」

「元アイドルらしい要望だな」

傲慢《ごうまん》にも聞こえる望みだが俺は妙に納得してしまう。そういう振る舞いは特に美しい女性によく似合う。カリスマ性は人々を従わせるためにあるのだ。そう、彼女のレプリカのように。

「あんまり調子に乗るとまたレプリカが出てきますよ？」

「その心配はないだろう。君はもう自力でレプリカを乗り越えたんだから」

夜の虹に降られた彼女は、幸運にも俺と同じ結末を辿らずに済んだ。

□■□■

夜虹島では夜にかかる虹が、有名な観光名物だ。

夜に輝く虹の美しさは、抱えていた辛《つら》い気持ちも忘れることができる。

そう評されるのは——決して比喩《ひゆ》ではない。

この島には、大昔から不思議な言い伝えがある。

夜の虹に降られると、自分の抱えている悩みが自分そっくりの姿で一人歩きをする。

それは分裂現象と呼ばれた。

影のように振る舞うもうひとりの自分はレプリカと呼ばれ、外見こそ本人そっくりであるが性格や振る舞いはオリジナルである本人とは異なる。

——レプリカとは抑圧された自分の本音。

レプリカは自らの隠された願いを実現するためにオリジナルを狙《ねら》い、その器である肉体を乗っ取ろうとする。

最初は足元に影もできない不確かな透明な存在で、夜にしか動けない。

だが、時を経るにつれて影は濃くなり、やがて日中も自由に歩き回れるようになる。

自己の本音との和解も出来《でき》ず、離れられなかったオリジナルは、レプリカの意識に上書きされてしまう。

本物《オリジナル》の人格は消えて、レプリカが肉体の主となるのだ。

対策方法は大きくふたつ。

ひとつ、島の中しか動けないレプリカに乗っ取られる前に島を離れること。

もうひとつは、自分が抱えている悩みを、なんらかの形で乗り越えること。

恵麻久良羽の場合、レプリカと対峙《たいじ》し、その本音を受け入れ、自らの悩みを乗り越えた。

そして過去の瀬武継陽は失敗し、今の俺の人格はレプリカである。

少なくとも俺はそう認識していた。

だから、俺は自分と同じくレプリカに乗っ取られてしまわないように、分裂現象が起きてしまった人の手助けをしている。

そうやって恵麻久良羽ともレプリカがきっかけで知り合い、彼女の悩みに深く接していく中で親しくなった。

第二話　沈黙する虚像《アイドル》

everyone's idols can't help falling love with me

最初の撮影がはじまる。

衣装に着替え、メイクが完了し、カメラを向けられると、立石蘭《たていしらん》の雰囲気は一変した。

スイッチが切り替わったみたいに纏《まと》う空気がまるで別人だ。

店の裏で話していた時はただのかわいい女の子だったが、今は内側から光を放つように眩《まぶ》しい存在感を発する。

そこにいるのは人気アイドルだった。

蘭はシャッター音のリズムに乗って、次々にポーズを変えていく。

ハンバーガーショップの店員というコンセプトに則《のっと》り、かわいらしさを全面に押し出す。

ビタミンカラーの派手なオレンジに白のエプロンというアメリカン・ダイナーを彷彿《ほうふつ》とさせるファンキーでエネルギッシュな衣装、頭にカチューシャ、そして太陽のような明るい笑顔。

手に持つ銀の盆には小道具として用意された当店自慢のハンバーガーやドリンクを乗せたまま、彼女は表情やポーズを細かく変えていく。

カメラマンの指示に対して一切《いっさい》迷いはない。

眉《まゆ》の角度、目の開き、視線の投げ方、唇の角度、顎《あご》の上げ方、首の傾《かし》げ方から肩の位置、腕の高さ、指先のニュアンス、腰の捻《ひね》り具合に脚の幅、足首の立て方まで即座に調整していく。

まさにプロフェッショナル。

ウインクひとつで、星が煌《きら》めくようなチャーミングさがある。

見慣れたサマーモンタージュ・カフェの店内も、まるで映画の中にいるみたいに感じられた。

「すごいな」

俺《おれ》の口から感嘆の声が漏《も》れた。

「そうでしょう。蘭ちゃんは現場での対応力が抜群に高いんですよ。その場で求められるものに対して的確で、いつも驚かされます」

久良羽《くらう》は我が事のように胸を張る。

撮影がはじまれば、俺達は後片づけまでお役御免である。

自由時間だが、外へ遊びに出るには暑いし、特にやることもない。店側のスタッフである俺達は、撮影チームのご厚意により隅の邪魔にならない場所から写真撮影を見学していた。

今回の撮影チームはビヨアイの仕事をよく請け負っているらしく、久良羽とも顔見知りのメイクさんや衣装さんがいるそうだ。まさか芸能界を引退した恵麻《えま》久良羽がこの場にいるとは思わず、予想外の再会を喜んでいた。

本来はああいう反応が正しいのだろう。

だからこそ先ほどのマネージャーのよそよそしい態度に違和感を覚えた。

「わぁ！　わぁ！　わぁ！　ほんとうに久良羽ちゃんだけじゃなくて、蘭ちゃんまで目の前にいるよ！　継陽《つぐはる》くん、これって夢じゃないよね？　こんな光景、奇跡だよ」

俺の隣で歓喜の声を上げるのは、クラスメイトの皆守悠帆《みなもりゆうほ》。

愛くるしい童顔の小柄な女の子。人当たりのよい穏やかな性格で誰《だれ》にでもやさしい。おまけにグラビアアイドルも顔負けのボリューム感のある胸元《むなもと》。

そんな彼女の隠れファンは多く、クラスのアイドル的存在だ。

俺のアルバイト仲間でもあり、学校でも放課後でも鈍い俺はいつも助けてもらっている。

悠帆はビヨンド・ジ・アイドルの熱烈なファンで、今回の撮影補助にも喜んで参加。

「今日が来るのを楽しみにしていたもんな。よかったな」

「久良羽ちゃんと蘭ちゃんを生で同じ視界に入れられるなんて！　わたし一生忘れない」

夜虹島《やこうじま》からでは東京に出るのも一苦労。ライブを観に行くことも叶《かな》わないまま恵麻久良羽は引退してしまった。

もう二度と公式の場でふたりが揃《そろ》うことはありえない。

だからこそ、ビヨアイファンの悠帆の興奮も当然のことだ。

悠帆は目をキラキラさせて、撮影を見学する。

俺はそんな悠帆が少しだけ羨《うらや》ましく思う。

今の俺には好きなことや夢中になれるものがない。将来の夢ややりたいこともまだ見つかっていない。

ふとした瞬間、漠然と進路のことに考えがいく。

高校二年の夏は、そういう時期なのだ。

「同じグループなのに久良羽と蘭はずいぶんタイプが違うな」

「うん。ビヨアイはメンバー全員、個性の方向がバラバラなのに揃うと魅力が何倍にも跳ね上がる奇跡のようなグループなんだよ。特に久良羽ちゃんと蘭ちゃんがダブルセンターをやっていたことがそれを象徴していると思うんだ」

普段は大人しい悠帆だが、好きなアイドルのことになるととても饒舌《じょうぜつ》だ。

「詳しく聞きたいな」

俺が頼むと、悠帆は嬉《うれ》しそうに説明してくれる。

「最年少だけど大人っぽくて綺麗《きれい》系の久良羽ちゃんと、一番親近感を感じられるかわいい系の蘭ちゃん。正反対のふたりが中心に並んだ時の絵的なインパクトがまず凄いんだよ。思わず拝みたくなっちゃうくらい神々《こうごう》しさがあってね、見ているだけで幸せな気持ちになれるの」

悠帆はすごく楽しそうな顔で熱く語る。

「……悠帆先輩。本人の前でそこまで手放しに褒められると、ちょっと恥ずかしいです」

俺を挟んで、悠帆の反対側で久良羽が照れていた。

結局ツインテールではなく、キャップを目深《まぶか》に被っている。

「ごめんね、久良羽ちゃん。迷惑だった？」

「いえ、気にしないでください。むしろ蘭ちゃん自身がアイドル好きなので、きっと悠帆先輩と気が合うと思いますよ。休憩の時にでも話してみてください」

「えぇ!?　お休みしている時に、わたしなんかが話しかけたら迷惑じゃないかな」

好きだからこそ遠慮してしまう悠帆。

「俺もさっき裏で話したけど、蘭はおしゃべり好きみたいだぞ」

「継陽くんが言うなら、あとで勇気出してみようかな」と悠帆はグッと拳《こぶし》を握りしめた。

「瀬武《せぶ》先輩は退屈ですか？」

「面白《おもしろ》いよ。撮影現場を見学できるなんて、貴重なことだ」

「それなら悠帆先輩の百分の一くらいでも喜んで、場の空気づくりに貢献しましょうよ」

「善処する」

「まぁ人気アイドルを前にして地蔵でいられるのは、逆に瀬武先輩の美点ですよね」

「褒めているのか？」

「もちろん」

「含みを感じるぞ」

「びっくり。私の皮肉に気づくなんて」

久良羽の言葉には棘《とげ》がある。

「なぁ、俺にまた誤りがあるなら教えてくれ」

瀬武継陽の人格がレプリカになり、大きく変わったことがふたつある。

まず高校生にも拘《かか》わらず、髪の色が老人のような銀髪になってしまったこと。

そして、感情が欠けたような状態になっていた。万事に対して鈍くなってしまい、自分が今どんな風に感じているのかを俺自身が正確に把握できずにいる。

自分の気持ちに確信が持てないため上手《うま》く感情を表に出せず、ズレた反応をしてしまう。

よって、俺に対する第一印象はほぼ自動的に、不愛想で口数の少ない男となる。

久良羽との初対面は、ちょうど彼女のレプリカが出現した時だった。

そんな男がいきなりレプリカを心配して話しかけてくるものだから、不審者だのストーカーだのと最初は散々だった。

あの頃《ころ》に比べれば、ずいぶんマシになった。

「だって、まさか蘭ちゃんがあんなフレンドリーな態度をとるなんて思ってなくて」

久良羽はどこか拗《す》ねたように切り出す。

「蘭は誰にでも距離感が近いんじゃないのか？」

「基本的にはそうなんですけど、なんか瀬武先輩への親しみはまた別な気がして……」

「気のせいだろう。昔の俺が立石蘭のファンで、たまたま顔を覚えていたにすぎない。ファンがアイドルに特別な感情を抱くならいざ知らず、逆はありえないだろう」

これは俺が鈍いせいだけではなく、客観的な意見だ。

大勢いるファンの中の、名もなき、ふつうの一般人を特別視する理由が見当たらない。

ビヨンド・ジ・アイドルは最初から芸能事務所からデビューした歴《れっき》としたタレントである。

有象無象の自称アイドルとは訳が違う。

「そうかも知れないですけど……。蘭ちゃんの魔性にハマりすぎないでくださいね」

「魔性？」

いきなり立石蘭に不釣り合いな単語が飛び出してきた。

「蘭ちゃんって健全エッチなんです」

「健全エッチ」

聞き慣れない単語を、俺は思わず繰り返してしまう。

「別に過度に露出が多いとか、言動があざとくて思わせぶりとか、そういうわかりやすいものじゃないんです。ただ気づいたら虜になっている人が多くて」

「なるほど。アイドルとしてこの上ない強みじゃないか」

立石蘭は親しみやすく、それでいて一度でも意識するとその健康的な身体《からだ》や明るい性格や面白い反応を好きになってしまう。

「生で本人を見て、実際どう思いました?」

「蘭と話していると少しだけレプリカのクラウに似ていると思った。完全にそっくりなわけでもないんだが妙に印象がダブる」

数か月前、虹に降られた恵麻久良羽から分裂したレプリカのクラウ。

オリジナルの久良羽がクールでカリスマ性があり、どこか近づきがたい印象を抱かせる。

レプリカのクラウは天真爛漫《てんしんらんまん》で、華があり、親近感があるのに掴《つか》ませてくれない。

久良羽の言う蘭の「魔性」と同じものを、俺はレプリカのクラウに見出していた。

「当たりです。私の目指していたアイドル像で一番近いのが蘭ちゃんでした。歌やダンスには自信がありましたけど、アイドルとしての振る舞いやトークがよくわからなくて。いろいろと影響を受けていたのも当然だと思います」

久良羽は過去形で語る。

そこに後悔や未練の響きはない。ただ微笑《ほほえ》ましい思い出を懐かしんでいた。

「君がグループ最年少で、子どもだったから当然だ。はじめた時は小学生だろう?」

「そうですね。で、悩んでたら蘭ちゃんがアドバイスしてくれたんですよ。『久良羽は見た目が大人で性格も真面目《まじめ》だから、もっと子どもっぽく素直に話すと外見とのギャップが出ていいよ』って。そのおかげで楽になりました」

「……昔の久良羽は素直だったんだな」

「まるで今がひねくれているみたいじゃないですか！」

「素直ではないだろう」

俺がツッコむと、久良羽は唇をムッとさせる。自覚はあるらしい。


撮影はちょうど転換作業に入る。

見守っていたスタッフが一斉に動き出す。

カメラや照明の位置を変えている間に、ヘアメイクさんがポージングをする中で乱れた蘭の髪を整えていく。

一度表情の緩《ゆる》めていた蘭がこちらに手を振り、久良羽もそれに応《こた》える。

横の俺が棒立ちでなにもしていないでいると蘭は明らかに俺を見て、手を振れとばかりに激しく手を動かす。

「ほら。継陽くんも手を振り返しなよ」

「じゃあ悠帆も付き合ってくれ」

俺と悠帆は、タイミングを合わせて手を振り返す。

蘭は満足げな笑顔を浮かべつつも、動いたせいでメイクさんに怒られていた。

「ああいう飾らないところが蘭ちゃんの魅力だよね」

悠帆は、アイドルと生のやりとりができて胸がいっぱいという感じだった。

ライブ中にステージのアイドルが客席に手を振ってくれるのは、格別の嬉しさがある。それは画面越しでは味わえない醍醐《だいごみ》味だろう。

「蘭が人気なのも、そういうところなんだろうな」

「そう！　だからこそ久良羽ちゃんと蘭ちゃんのふたりがセンターで並んだ時は唯一無二なんだよ！　久良羽ちゃんのクールな美しさと蘭ちゃんの元気でキュートさの組み合わせは最高のマリアージュなの！」

「わかる！　わたしもずっと真横で久良羽を見てたけど、たまに見惚《みほ》れて歌詞を忘れそうになっちゃうんだよね」

蘭の話をしていると、その本人がいきなり会話の輪に飛びこんできて、俺と悠帆はぎょっとしてしまう。

「あわわわ、蘭ちゃんが近い」

悠帆はプチパニック状態。

「ねぇねぇ瀬武っち。そこのかわいい子をあたしにも紹介してよ」

「瀬武っち⁉　継陽くん、蘭ちゃんからニックネームで呼ばれているの？」

悠帆までそこに引っかかるのか。

「俺のクラスメイトでバイト仲間の皆守悠帆だ。ビヨアイのファンだから、仲良くしてくれ」

「ほんとに？　ありがとうー嬉しい！　じゃあ悠帆ちゃんって呼んでもいい？」

蘭はごく自然に悠帆の両手をとり、握手してきた。

「もちろんです！　あぁ、イベントでもないのにこんな贅沢《ぜいたく》いいんですか」

「ファンサービスしてこそのアイドルだよ。悠帆ちゃん」

「神対応ありがとうございます！」

「これからも応援してね」

「はい！」と悠帆は泣きそうな顔で喜んでいた。

「俺達のところに来ていいのか？　すぐに次の撮影だろう？」

「調整に時間かかりそうだし、久良羽トークで盛り上がっているのにあたしだけ除《の》け者《もの》なのはさびしいもの。一緒に混ぜてよ」

現役《げんえき》アイドルが気さくすぎる。

「アイドル談議に本物のアイドルが参加するなんてシュールだな」と俺が漏らすと、蘭は満面の笑みでこう答えた。

「あたしにとって久良羽は同じグループのメンバーである前に、あたしの推しだもの。ね」

蘭は、永遠のアイドルであるかのように恵麻久良羽を見た。熱い視線だった。

「自分の推しと一緒に活動できるなんて特等席すぎませんッ！」

悠帆は激しく共感していた。

「そうなのよ、悠帆ちゃん。ステージでカッコイイ久良羽も鼻血ものだけど、楽屋での自然体の久良羽もまたかわいいの。疲れてウトウトしてる時とか思わず寝顔を撮りたくなって」

「ご褒美すぎませんか」

「それからね、ライブ前なんかは――」

恵麻久良羽本人を前にして、久良羽談議に花を咲かせる悠帆と蘭。

先ほどまでド緊張していた悠帆も好きな話題については立て板に水とばかりに、スラスラとよく話す。

蘭の方も嬉しそうに様々なエピソードを語った。

好きの力は偉大である。

□■□■

「では、撮影初日お疲れ様でした。今日はたくさん食べて飲んで楽しみましょう。乾杯！」

マネージャー・伊達塔子《だてとうこ》の男前な音頭に合わせて、グラスの交わされる音が店内に響く。

サマーモンタージュ・カフェでの撮影は滞りなく終わった。

蘭とスタッフの息の合ったコミュニケーションで、現場はひとつの生き物のようにスムーズだった。誰もが真剣だけれども、堅苦しいわけではない。時に笑いも起こり、感嘆さえ漏れるようないい写真が撮れているようだ。

きっと、いい写真集になる。

そんな期待を抱きたくなる仕事ぶりに見えた。俺も発売したら記念に一冊購入しよう。

撤収作業の後、そのまま店内を貸し切っての懇親会《こんしん》が催される。

俺達は本来の仕事である接客に回り、料理や飲み物を運んでいく。

テーブル狭しと並んだパーティー用の料理に、撮影チームの人達が待ってましたと手を伸ばしていく。

うちは看板メニューのハンバーガーだけでなく、お酒に合う小料理も評判が高い。

マネージャーは景気づけに一息でビールのジョッキを空にすると、お代わりを求めた。

それに続くように撮影チームの人々もジョッキを流しこむ。

南の島で仕事終わりに味わう冷たいビールに、爽快な声を漏らす。

本日の主役である蘭は、当店自慢のハンバーガーに舌鼓を打つ。

まだ十九歳の彼女。飲み物はもちろんアルコールではなくオレンジジュース。

追加トッピングをしたハンバーガーを夢中で頬張《ほおば》る顔はとても嬉しそうだった。

「期待以上の美味《おい》しさ！　これを食べるために夜虹島に来たんだよ」

「蘭。あんまり食べすぎるんじゃないわよ」

「塔子ちゃん、今日は無礼講なんだから固いこと言わないで」

マネージャーのお小言を聞き流しつつ、蘭は大きく口を開けてハンバーガーを食べる。女の子だからと人目を気にしたりはしない。

その遠慮のない食べっぷりは見ていて気持ちがよかった。

「ねぇ店長さん、東京にも出店しません？」

蘭は通りがかった兄貴に提案する。

「そうですね。東京に店を開くことがあったら、弟の継陽に店長を任せますよ」

店長である兄貴は、相変わらずお客の喜ぶようなリップサービスが上手だ。

「いいね。瀬武っちが店長なら毎日でも通うよ。楽しみにしているね」

蘭もノリノリで合わせる。

「え、店長ッ⁉　継陽くん、東京に行っちゃうんですか⁉」

声を上げたのは悠帆だった。

「そりゃ俺はここの経営があるから、行くならマイ・ブラザーしかいないだろう。元々東京に住んでいたから土地勘もあるし適任っしょ」

名案とばかりに兄貴は断言する。

どう考えても俺が客商売に向いているとは思えない。

むしろ俺の向いている職業とは一体なんだろう。

「行くなら店長が行けばいいじゃないですか！　言いだしっぺが責任もってください」

「ちょいちょい悠帆ちゃん。じゃあ、ここは誰が回すのさ？」

「継陽くんが代わりにがんばってくれますよ。わたしも一緒に手伝います！」

悠帆の真剣な顔に、兄貴は苦笑いを浮かべる。

「兄貴。俺も聞いてないぞ」

「その選択肢もアリじゃねって話だ。高校卒業してからの進路とか実際どう考えているんだ？

大学に進学するならどの道、島を出ることになるだろう」

ふいに兄貴からの問いかけに、俺は言葉に詰まる。

自分の将来のことなんてピンと来ない。

「兄貴はどうして欲しい？」

「俺だって散々好きにしてきたんだ。弟のおまえも好きにすればいいさ」

店は順調だから金のことなら心配するな、と兄貴は頼もしく胸を叩《たた》いた。

選べる自由があるのはありがたいことだ。

だけど、特に希望のない俺はその貴重な自由を中途半端《ちゅうとはんぱ》に持て余す。


懇親会は大いに盛り上がっていた。

ドリンクのお代わりを求める声はひっきりなしに上がり、料理の追加注文も入る。

久良羽は誰かしらの横を通るたびに呼び止められ、顔なじみのスタッフさん達と昔話に花を咲かせていた。

悠帆も接客の合間に、アイドルに関《かか》わる貴重な話を聞けて楽しそうだ。

「この写真集のテーマはプリズム。蘭の色んな面を表現したいのよ。だから、あえて統一感は出さずに、七つのシチュエーションで七つの立石蘭の魅力を打ち出したいの。蘭の強みは相手の要望以上に応えられる対応力なのよ。もう東京での分は撮影済みで、残りの三つはぜひこの島で撮りたいと思ったの」

「完成が楽しみです。今日の撮影って、ファンの人達が最初に思い浮かべる元気な蘭ちゃんのイメージですよね?」

「そう！　蘭の真の魅力はアイドル的な明るさだけじゃない。この子なら本格的な女優としても活躍できる！」

「ドラマや映画に出るなら絶対見ます！」

伊達塔子の熱い語りに、悠帆も熱心に聞き入っていた。

「あ。ビールなくなっちゃった」

「お代わりをお持ちしましょうか?」と悠帆はすぐに店員モードに戻る。

「悠帆、俺が行くから大丈夫だ。同じものでよろしいですか?」

「ええ、ビールで。ありがとうね、銀髪くん」

俺は空いたジョッキを受け取る。

「ねぇ塔子ちゃん。せっかくだから久良羽や瀬武っち、悠帆ちゃんも明日からの撮影に遊びに来てもらおうよ。知っている顔がいてくれる方があたしもリラックスできるし」

そう提案してきたのは蘭だった。

「あなたは緊張するタイプでもないでしょう。それに彼女達の都合もあるから」

「ご迷惑はおかけしないのでお邪魔じゃなければ見てみたいです。ね、継陽くん！」

悠帆は俺も巻きこんで、なんとか一緒に見学したいようだ。

「まぁ明日は店の定休日なので、こちらは大丈夫です」

「ほら！　いいでしょう？　神様、仏様、マネージャー様！　お願い～～」

蘭は手を合わせて、マネージャーに拝み倒す。

「結論は後で教えてくれ。俺はお代わりを持ってくる」と俺は裏に戻る。

久良羽や悠帆にはできるだけお客さんとの会話ができるように、彼女達の分まで仕事をこなしていく。店で楽しい時間を過ごす手伝いこそが店員の本分であり、適材適所で活躍するのが一番だ。そうやって俺は何度もフロアを往復した。

「継陽。もう落ち着いてきたから、休んでいいぞ」

兄貴の指示に従い、俺はいつものように瓶《びん》のコーラを片手に休憩に入る。

裏口から外に出て、椅子で一息つく。

「さて、どうしたものかな」

頭によぎったのは自分の進路についてだ。

そもそも東京で暮らしていた俺は昨年に両親を交通事故で亡くし、両親とは絶縁状態だった兄貴に引き取られる形でこの夜虹島にやってきた。

そして虹に降られて、レプリカである今の俺の人格に変わってしまったため、東京への未練や思い入れは薄い。ないに等しい。崖から落ちた際にスマホは壊れてしまい、復旧も上手くいかず昔の知り合いの連絡先もわからなくなった。

完全に人生のリセットがかかった上に、夜虹島での生活に特に不満もない。

わざわざ東京に戻る理由もないが、先々のことも考えれば島に残るのがベストなのか。自分にとっての正解がわからない。

人生の大きな決断に対して、決め手に欠ける。

「あ。瀬武っち発見！　サボり？」

裏口から顔を出したのは蘭だった。

「休憩中だ。お手洗いなら手前を曲がったところです」

椅子から腰を上げようとする。

「座ったままでいいよ。君とちょっと話がしたくてさ。撮影の後で疲れているのに、お料理とか運んでくれてありがとうね」

被写体であった彼女こそもっとも疲れているのに、そんな気配をおくびにも出さない。どんな時も笑顔を絶やさない姿勢はアイドルの鑑のようだ。

「蘭もお疲れ様。ハンバーガー、気に入ってくれたようだな」

俺は従業員を代表して礼を述べる。

「お仕事を口実にでもしないと、離島のお店なんて来れないからね」

蘭も外に出てきて、俺の前まで回りこむ。

この状況で目の前にアイドルに立たれると、以前レプリカのクラウと遭遇したことを否応なく思い出す。

ついクセで、蘭の足元を確認してしまう。

外灯に照らされる彼女の長い脚の下にはきちんと影がある。間違いなく彼女は本物だ。

「瀬武っちは脚フェチなの？　ガン見しすぎ」

俺の下を向いた目線を誤解した蘭はからかうように訊《たず》ねる。

ムッツリスケベにでも思われているのだろうか。

「特には」

「恥ずかしがらなくていいよ。男の人なら誰だって性癖のひとつやふたつあるもんだし。今なら特別に、あたしの美脚をじっくり観察しても内緒にしてあげる」

彼女は膝《ひざ》を上げて、わざとらしく手で太ももを撫《な》でる。

「サービス精神旺盛《おうせい》だな」

「注目を集めるのがお仕事ですから、自分に自信があるもの」

その堂々とした態度に、俺は尊敬の念がますます強まる。

「アイドルはつくづく大変な仕事だ」

「同じくらい楽しいことも多いから」

「蘭は昔からアイドルになりたかったのか？」

俺は自分の進路を決める参考になるかとふいに質問してみた。

「まったく」

「じゃあ、どうしてアイドルになったんだ？」

「部活の後輩がオーディションに参加するから付き合いで応募したの。ひとりだと恐《こわ》いから一緒に書類を送ってほしいってお願いされちゃってさ。遊び半分のつもりがあれよあれよと審査を通過して、あたしだけが合格したの」

別に大きなドラマがあるわけでもないとばかりに、蘭の説明は淡々としたものだ。

「その気がなかったのに、アイドルを目指すことに躊躇《ちゅうちょ》はなかったのか？」

「まぁ特に将来の夢もなかったし、せっかくのチャンスだしね。条件もよかったし、人生一回くらい東京で生活するのも面白そうじゃない」

「友達に誘われて自分だけ合格するって話、実際にあるんだな」

稀《まれ》に聞く話ではあるが実例を拝むのははじめてだ。

「あたしもビックリしている。田舎《いなか》の中学生が気づいたらアイドルになって、ライブをやってTVにも出て、南の島で写真集を撮っているとかウケる」

「そんな、あっさりしたものでいいのか？」

「人生そんなもんじゃない？　君だってお兄さんが店長だから、ここでアルバイトしているんでしょう」

蘭はあっけらかんと言い放つ。

適当にも聞こえるが、不思議と説得力があった。

「結果的に、君にとってアイドルは天職だったんだよ」

「才能があるっていうのは、それこそ久良羽のことよ。ビヨアイを結成した時には、あたしは歌も踊りもダメダメだったもの。たぶん一番下手だったよ」

蘭が目を伏せると、長いまつ毛の影が頬《ほお》に落ちる。

「君が努力して認められたからこそセンターだ」

「言葉の端っこ、ちゃんと拾うなぁ。そういうところは昔と変わらないね」

自分としては無意識だったから、蘭の言葉に虚を衝かれた。

「……ありがとう、でいいのか？」

どう答えていいかわからず、曖昧《あいまい》に濁す。

「褒めているんだから素直に喜べばいいじゃん。あたしは瀬武っちに努力を認めてもらえて嬉しかったよ」

「褒められるような心当たりが実感できないんだ」

「謙遜《けんそん》されると、逆にこっちが間違っちゃったのかなって不安に感じるよ」

「以後気をつける」

蘭の指摘を心に刻んだ。

「ねぇ、もうちょっと話さない？　せっかくだし浜まで付き合ってよ。海が見たい気分なの」

「まだバイト中だから、休憩時間とはいえ店を離れるのは……」

「はい、マニュアル通りの回答、どうも。じゃあひとりで行くから。もしファンと出くわしてトラブってても自己責任だけど、あたしは行くから」

「脅迫するほど行きたいのか？」

「君と一緒に行きたいんだよ」

「俺と？」

「アイドルの誘いに気づかないなんて君、筋金入りの鈍さだね」

やはり誰が見ても俺は鈍く見られるようだ。

「……たとえ気づいたとしても、アイドルの迷惑にはなりたくないんだ」

立石蘭のスキャンダルの火種になってしまう方が遥《はる》かに問題だ。

特に久良羽の自分の言動に対する責任感の高さを見せられていれば、露骨に男性が横にいる真似《まね》は控えるべきだ。

「控え目だね。昔の君なら喜んでついてきてくれるよ」

「昔の俺はそんなに軽薄だったのか？」

また自分の知らない一面を聞かされて、にわかに信じがたい。

ただ、その反応がまずかった。

立石蘭はとっかかりを見つけたとばかりに、不敵な笑みを浮かべた。

「じゃあ砂浜で昔話をしようか。それなら君も付き合ってくれるでしょう？　ね、お願い」

蘭は両手を合わせて、こちらの目を覗《のぞ》きこみながら甘い声でおねだりする。

俺は蘭の誘いに応じることにした。

□■□■

店の駐車場を横切り、目の前の道路を渡ると海水浴場が広がっている。

幸いにも今夜の浜は観光客の姿が見当たらない。

貸し切り状態である。

防波堤の階段を下りて、砂浜を歩く。

「東京と違って、星がたくさん見えるね。それに昨夜も見たけど、夜なのに虹がかかっているって変なの」

ビロードのような夜空には今日も七色の虹がかかる。

夜は静かで、やさしく打ち寄せる波の音だけがあたりを満たす。

「あれを目当てに観光客は押し寄せてくる」

「瀬武っちは見慣れているからもしれないけど、あんまり色気のない言い方しないでよ。野暮《やぼ》だな。せっかくのいいムードが台無し」

「今はいいムードなのか?」

俺は間抜けにもオウム返しに訊《き》き返してしまう。

「綺麗な夜空、誰もいない砂浜、女の子とふたりきり。愛を囁《ささや》く最高のシチュエーションだと思うけど?」

このあたりの砂浜だと観光客がよく虹に降られて、レプリカが出現することが多いのでむしろ厄介な場所というイメージしかなかった。

春先に久良羽が自分のレプリカを追いかけていたのが、まさにこの砂浜だ。

「その割に、蘭はあまり興味なさそうだが?」

なにより蘭の口振りに反して、彼女は夜の虹をスマホで撮影さえしない。

「――――。瀬武っちは鈍いんだか鋭いんだか、よくわからないよね」

蘭は苦笑しながらサンダルを脱いで、打ち寄せる波に足を浸していく。

俺もすぐ手を伸ばせるように、波打ち際まで近づいた。

「海に来たのはいつぶりだろう。こんな綺麗な島にいたら、東京に戻りたくなくなるよね」

「ここはリゾートだからな。君のいい息抜きになればいい」

足首まで海に入りながら、蘭は力を抜くように両手を下ろし、その場で立ち尽くす。

たったそれだけのことで目を奪われる。

空と海の狭間《はざま》に立つ少女の姿は美しい。

昼間の眩しいばかりの天真爛漫さは消えて、目を離したらそのまま夜に溶けてしまいそうな儚《はかな》さがあった。

「蘭?」

俺は思わず呼びかける。

「ちゃんとなってるよ。スケジュールには余裕があるし、食べたかったハンバーガーもようやく食べられた。なにより、久良羽にもようやく会えた」

「俺なんかではなく、久良羽ともっと話さなくていいのか?」

「君にも会えて嬉しかったんだよ」

蘭はこちらに振り返る。

「――ねぇ、ふたりって付き合っているの?　仲良さそうだよね」

「どうしてそうなる？」

見当違いの質問に、俺は首を傾げた。

「昼間のふたりを見ていたけど、あんな久良羽の顔ははじめて見た。君にすごく懐いている」

「ただの先輩後輩だ」

それ以上の説明のしようがない。

「なんだ、そうなの。瀬武っちは、他に好きな人がいるとか？」

「恋人はいない」

「じゃあ、アイドルとの疑似恋愛にしか興味がないタイプ？」

「今の俺に恋愛は向いていない」

身近な人の気持ちさえハッキリとわからない男が、恋愛なんてできるはずもない。

「そう？　瀬武っちがステージのあたしを見る目は恋していた。ガチ恋だったよ」

「それは――」

昔の瀬武継陽だ、と答えそうになる。

「教えてくれ。昔の俺は、君の目にはどんな風に映っていたんだ？」

それを聞くためについてきたのだ。

「外見の印象は大人しそう。だけどイベントに来てくれる時は全力で楽しんでいるのが伝わってきたよ。握手やサインする時はいつも褒めてくれて、前向きな言葉しか聞いたことなかった。

そういう反応をくれると、こっちとしても嬉しいよね」

「今とは大違いだな」

他人事のような感想しか出てこない。

同じように振る舞えと言われても、五分と続かないだろう。

「あはは、確かにね。ただ、あたしはなんとなくアイドルになったから最初は結構悩んでたんだよ。周りとのレベルの差は今よりずっと開いていて、いつも失敗ばかり。レッスンはほとんど毎日でしんどいし、休みは少ない。なんだか場違いなところに来ちゃったかもって後悔もしてた」

今日一日、彼女の様子を見ていたが、アイドル立石蘭は誰に対してもずっと笑顔だ。

それが崩れる瞬間は、少なくとも俺が見ている限り一度たりともなかった。

アイドルという仕事のやりがいと過酷さは、恵麻久良羽のレプリカの一件で十分に学んだ。

かわいくてチヤホヤされるだけの職業では断じてない。

だから、蘭の打ち明けた当時の葛藤《かっとう》に驚きはしなかった。

「ファンは応援することしかできないからな」

「うん。瀬武っちがあたしを必要としてくれて、あの頃はすごい救われていた。それに、隣にはいつも久良羽がいてくれた」

「君は、久良羽のことがほんとうに好きなんだな」

「ファンの君もだよ」

蘭の笑顔はとても魅力的だった。

「恵麻久良羽はあたしの憧《あこが》れ。世界で一番大好きなアイドル。あの子こそが本物のアイドルだった。きっと時代を変えられる天才だった。塔子ちゃんが名付けたビヨンド・ジ・アイドルってグループ名を体現する、アイドルを超えるアイドルが恵麻久良羽だったの」

蘭の言葉がふいに途切れる。

波の音だけがあたりを満たす。

俺は黙って待ち続けた。

「だから辞めるべきは——あたしの方なんだよ」

蘭は懺悔《ざんげ》するように消え入りそうな声で絞り出す。

はじめて笑みが消えて、その悲しげな横顔に俺の胸も痛んだ。

自分のせいで、大切な人がいなくなってしまった。

そんな罪悪感に悩む彼女の姿に、俺は自分自身の姿を重ねてしまう。

「そうやって自分を責めたくなる気持ちは俺もよくわかる」

「フフ。あたし達、やっぱり気が合うね」

「光栄だ」

「——慰めてくれてありがとう。久良羽が君を慕うのも納得できたよ」

俺は彼女に手を差し出し、海から上がるように促す。

「そろそろ戻ろう」

「いいの？　現役アイドルを口説《くど》く絶好のチャンスだよ？」

「週刊誌の餌食《えじき》になるつもりはない」

「見出しは『立石蘭、南の島で銀髪男と夜の密会⁉』あたりかな。いっそスキャンダルで引退するのもアイドルらしくていいかな。その時は責任とってね」

蘭は冗談っぽく笑いながら俺の手を躊躇なくとり、海から上がる。

「ちょっと肩を貸してね」と相変わらずこちらが許可を出す前に俺の肩に摑まり、蘭は持っていたハンドタオルで濡《ぬ》れた足を軽く拭《ふ》く。

「蘭の気安さは、マネージャーが心配するんじゃないか？」

「塔子ちゃんのことなんて知らないよ。最近裏でコソコソ余計なことしているみたいだし」

蘭は愚痴《ぐち》っぽく呟《つぶや》いた。

「余計なことって？」

「久良羽の抜けた穴を埋めるために、ビヨアイの新メンバー・オーディションを計画しているみたいなの」

蘭は腹を立てながら、サンダルを履《は》き直す。

「俺が聞いていいのか？」

情報漏洩《ろうえい》やコンプライアンスなど、なにかと気をつけなければならないご時勢である。

「いっそリークでもすれば？　派手にバズるかもよ？」

機嫌の悪い蘭は実に投げやりだった。

「蘭はオーディションに反対なのか？」

「当たり前だよ！　久良羽の代わりなんて、この世にいるわけないでしょう！」

すると、話を遮《さえぎ》るようにスマホの着信音が鳴る。

「……噂《うわさ》をすれば塔子ちゃんだ。もしもし？」

怒っていながらも電話にはきちんと応答する。

『蘭？　今どこにいるのよ？』

「砂浜まで散歩」

伊達マネージャーの声も大きいため、ふたりの通話は丸聞こえだった。

『ひとりで出歩くなっていつも注意しているでしょう。なにがあるかわからないんだから！』

「瀬武っちが一緒だから大丈夫」

『どこの馬の骨よ!?』

「カフェの店員さん。ほら、銀髪の男の子いたでしょう。念のためついてきてもらったの」

『あぁ、久良羽が懐いていている彼ね』

あのマネージャーもそんな風に俺を見ていたのか。

「別に付き合っていないらしいよ」

蘭はムキになって訂正していた。

『もう一般人になった久良羽が、誰と恋愛しようとも自由でしょう』


「久良羽は必ずビヨアイに戻るからッ！」


蘭はムキになって電話越しに怒鳴りつける。

『……まだそんなこと言っているの？　いい加減にしなさい』

伊達マネージャーの声は冷ややかだ。だが、苛立《いらだ》ちは隠し切れていない。

「塔子ちゃんこそ、なんで久良羽を見捨てたの？」

『前にも説明したはずよ。よく話し合った上で、あの子が自分で引退を決めたの』

「嘘《うそ》。久良羽ほどアイドルに情熱をもっていた子が諦《あきら》められるわけないッ！」

言葉の端々から、なんとなくは感じていた。

――蘭は恵麻久良羽のアイドルへの復帰を待っている。

多くのファンも同じように不世出の才能が表舞台から消えてほしくないと願っている。

引退して、この島に来たばかりの頃の久良羽も本音では復帰を望んでいた。

それこそ虹に降られて、レプリカが出現してしまうほどの強い気持ちで。

だけど、久良羽は自分の本音とアイドルへの未練を断ち切った。

恵麻久良羽がアイドルに復帰することはありえない。

それを、俺は知っていた。

『……蘭が久良羽を頼りにしていたのはよく知っている。もちろん、あの子の抜けたことによるプレッシャーを誰よりも蘭が感じているのもわかっている。だけどね、久良羽には久良羽の人生があるの。これ以上、あの子を過去に引き戻そうとするのはやめなさい』

俺は、伊達マネージャーの久良羽に対する距離を置いた態度に納得する。

冷たいのではなく恵麻久良羽という元アイドルを気遣い、ケジメをつけているのだろう。

久良羽ほどの逸材ならば誰しもが引退を惜しむに決まっている。

中途半端な馴《な》れ合《あ》いは誰にとっても幸福にはならない。

「塔子ちゃんの見切りが早すぎたんだよ」

『――大人になりなさい、蘭』

「あたしはまだお酒も飲めない子どもよ」

俯《うつむ》く蘭は冷笑を添えて皮肉った。

子どもの駄々にしては声が冷たすぎる。

『……続きはホテルに戻ってから話しましょう。あなたのことも見つけたから』

防波堤の方に振り返ると、その上に伊達マネージャーが立っていた。

蘭は睨《にら》むように遠くに立つマネージャーを見ていた。

「あたしの気持ちは変わらない」

『久良羽の気持ちが最優先よ』

「塔子ちゃんのバカ」

瞬間、悲鳴が響く。

それは一瞬の出来事だった。

伊達塔子が防波堤の上から砂浜に落ちていた。

落下した彼女は砂の上で動かない。

俺はすぐに駆け寄ろうとして、防波堤の上に別の人影があることに気づく。

「あれは、まさか……」

突き飛ばした犯人は、俺にとって見覚えのあるアイドル衣装を着ている。

ビヨンド・ジ・アイドルの３ｒｄシングル『七色クライマックス』という曲の衣装だ。

肩や首回りの露出と絞ったウエストにボリューム感のあるフリフリの短いスカート。そして
ダンスの際に舞い広がる長い尾羽根のような特徴的な布飾りが腰元から垂れ下がる。

高い防波堤の上が、さながらステージに見える煌《きら》びやかな装い。

遠くからでも一目で視認できる非日常的なシルエット。

無言で佇《たたず》むだけなのに容赦なく視線を奪う魅力。

まさに夢を見せるアイドルの体現。

着ている人物の顔は、立石蘭と瓜二つ。

だが、その正体は本物にそっくりの影にすぎない。

「なに、あれ？　なんか、あたしっぽいけど……？」

隣で蘭は自分の見間違いかと戸惑っていた。

「またレプリカか」

俺は小さく呻《うめ》いた。

夜闇《よやみ》から現れた虚像は、アイドル衣装を着た立石蘭そのもの。

レプリカのタテイシランだ。

だがオリジナルとは似ても似つかないのはその顔つきの暗さだった。

無表情で、無口で、眼差《まなざ》しは虚《うつ》ろ。まるで葬式に参列しているような陰鬱《いんうつ》さ。

無言のレプリカは砂浜で倒れたまま動かない伊達塔子に一瞥《いちべつ》をくれると、どこへともなく姿を消した。

夜の虹は、既に立石蘭の上に降られていた。

第三話 ⋈ 愛は複雑

everyone's idols can't help falling love with me

「もう、カリスマ・マネージャー頼むよ。ここで離脱されたら困るから！」

「ちょっと蘭、抱きつくなら手加減しなさい。痛い」

病院のベッドで横になる伊達塔子に、蘭は泣きべそをかきながら抱きついた。

その光景は砂浜での口論などなかったように、アイドルとマネージャーの強く結ばれた信頼が窺える。

悲鳴を聞きつけて、サマーモンタージュ・カフェの方から兄貴や撮影チームの人々も飛んできた。伊達塔子の意識はハッキリしていたが、痛みで立ち上がるのは厳しい様子だった。すぐに病院へ運ばれ、手当てを受ける。検査の結果、骨などに異常は見当たらなかった。

ただ打ち身や打撲が酷く、様子見のためそのまま入院となった。

「銀髪くん、わざわざ同伴してもらって申し訳ないわね。せっかくのパーティーも私のせいで中途半端に終わってごめんなさい」

蘭をなだめながら、伊達さんは病室の隅に立つ俺に声をかけてくる。

落ちた前後を目撃していた俺は店側の付き添いとして、撮影チームの若いスタッフが運転するクルマで、蘭と一緒に病院まで同伴していた。

救急車を呼ばなかったのは伊達さん本人の希望である。

ただ言葉とは裏腹に伊達さんの視線が鋭かった。

『大丈夫。酔っ払って、うっかり防波堤から足を踏み外しただけよ。いいわね』

最初に俺と蘭が駆け寄った時の第一声からこれである。パニック状態の蘭は気づかなかったようだが、その鬼気迫る表情に俺は従うしかなかった。

要するに蘭の仕事に支障が出ないように事を荒立てるなということだ。

自分が負傷したにも拘《かか》わらず周りに気を配るなんて、どれだけビヨアイが大事なのか。

「店のことはお気遣いなく」

「蘭のわがままにも付き合わせて悪かったわね。芸能人の相手なんて疲れるでしょう。特に蘭みたいな気分屋はなおさら」

「大変なお仕事、とはお察しします」

俺の曖昧《あいまい》な言い方がツボに入ったらしく、伊達さんははじめて笑ってみせた。

「その分やりがいも大きいわ。今日みたいにいい仕上がりだとお酒も気持ちよく回るものよ。昼間の蘭の写真なら発売前重版もイケるわね。発売イベントだけじゃなくて、販促に動画配信も――」

かと思えば仕事モードに切り替わった伊達さんが写真集の販売計画をまくし立てる。

蘭はすかさず遮《さえぎ》った。

「こんな時くらい仕事を忘れなってば。普段働きすぎなんだから、いい骨休めだと思って大人しくしてなって」

「誰《だれ》のせいで忙しいと思っているのよ」

「人気アイドルでごめんなさい」

蘭が冗談めかして頭を下げ、伊達さんも表情を緩《ゆる》めた。

「どうせ休むならホテルのプールサイドでゆっくりしたかったわ」

「包帯だらけで水着になるの？」

「それは、私のプライドが許さないわね」

蘭と伊達さんは同じタイミングで笑い合う。

何気ない軽口を言い合えるのも、苦楽を共にした者の連帯があってこそだろう。

「蘭はもう遅いから帰りなさい。明日以降については、撮影チームのみんなに任せているから安心なさい。あなたはいつも通り、リラックスして撮影に臨めばいいから」

「とかなんとか言って、仕事中毒の塔子ちゃんはリアルタイムで共有して写真チェックをするつもりでしょう。駄目だよ。今は怪我人《けが》なんだから休むのが仕事！」

お見通し、とばかりに蘭が注意する。

事実、病室についてスマホが手元に返ってくるなり伊達さんはすぐに方々《ほうぼう》に連絡をとりはじめた。そのバイタリティーと責任感には驚きを通り越して、凄《すさ》まじい。丁寧な謝罪と的確な指示、そして相手を乗せる気の利《き》いた一言も忘れない。

この敏腕マネージャーがいたからビヨンド・ジ・アイドルが売れたのも当然だった。

「蘭にお説教される日が来るなんて、私も焼きが回ったものね」

「あたしってそんな心配なキャラ?」

「今晩だって黙ってお店を抜け出して、彼と浜に下りていたでしょう」

「瀬武《せぶ》っちがお悩みだったから、あたしが人生相談を受けてあげてたの」

「週刊誌のカメラマンに盗撮されたらどうするのよ?　私の仕事をこれ以上増やさないで」

「なにもないってば」

「あったらもっと困るわよ!　私がいないからって、あんまり好き勝手しないこと。いい?」

「えーどうかなぁ」

「この子はもう。やっぱり……不安だから私の代わりが必要ね」

伊達さんが痛む身体《からだ》で姿勢を正して、こちらを見てきた。

「ねぇ銀髪くん――いえ、瀬武くん。明日って丸一日空いているんでしょう?」

「特に予定もないです」

「――一日だけ蘭のマネージャーを引き受けてくれない?」

伊達さんは真面目《まじめ》な顔で告げる。

「構いません。引き受けます」

「わぁ、即答！」と蘭は目を丸くする。

「いいわね。その躊躇《ちゅうちょ》のない感じ、ますます気に入った」

伊達さんは、俺の二つ返事に満足げだ。

「しかし、なぜ俺に？」

突拍子のない提案であることには変わりない。

「今日一日、君の仕事ぶりは見てきた。無駄口は叩《たた》かず、言われたことを忠実にこなしている。その上でアイドルに必要以上に興味がない。なにより、あの気難しい久良羽《くらう》も懐いている人柄は信頼できるわ。蘭のお目付け役を任せるにはピッタリ」

「ただの高校生がアイドルのマネージャーなんて。役に立てるかどうか」

「難しく考えなくていいわ。蘭の身の回りの世話係が必要なの。水を欲しがったら渡す、貴重品を管理して、周りに変な人がいないか注意する。そういう細々としたことを君に任せたいわけ。たった一日だけよ。アルバイト代も弾むわ！」

□■□■

「それで瀬武先輩は引き受けちゃったんですか⁉」

「久良羽、声が大きい。ここは病院だぞ」

夜の病院の薄暗い廊下に、久良羽の声が響く。

先ほどの伊達さんとの経緯を説明すると、久良羽は信じられないという顔をしていた。

ちょうど俺と蘭が仕事のために連絡先を交換しているところで、店を閉めた兄貴が俺を迎えにクルマで病院にやって来た。そこに久良羽も乗っていた。

兄貴は伊達さんのところにお見舞いしてから、夜勤中である悠帆《ゆうほ》の姉である皆守透花《みなもりとうか》さんのところに顔を出しに行ってしまう。

去年俺が入院した際に出会って以来、一年ほど片想《かたおも》い中。

残念ながら兄貴の恋が発展するのかは相変わらず未定だ。

「相変わらず声量もあるし、いい声。今からライブでも余裕で歌えるね！」

廊下のソファーに座る蘭はアイドル時代と遜色ない声を褒める。

「蘭ちゃん、落ち着いているね？」

「顔見知りのスタッフさんばかりで、いつも塔子ちゃんの無茶ぶりに応《こた》えているチームなんだよ。司令塔不在でも撮影現場は回るから大丈夫だって。今のビヨアイはメンバー個人の仕事が増えているから、最近はむしろ塔子ちゃんがいない方がふつうなんだし」

蘭は慣れているとばかりに平然としている。

しなやかで力強い余裕が感じられ、彼女が踏んできた場数の多さを感じさせた。

「そもそも今回の撮影だって、塔子ちゃんが来る予定もなかったんだから」

「え、そうなの?」

「塔子ちゃん。久良羽の顔を一目見るために、スケジュール調整したんだろうねぇ」

「伊達さんが一番忙しいのに……」

マネージャーの本心を代弁するように蘭が打ち明けると、久良羽は複雑な表情になる。

立石《たていし》さんそろそろホテルに送ります、と撮影チームのスタッフさんが呼びに来た。

「久良羽、明日の夜は一緒にご飯食べよう。積もる話もあるし、ひとりで夕飯はさびしいから付き合ってね」

「わかった」

「じゃあ瀬武っちも、明日からよろしく。詳細はあたしからもメッセージ送るから、遅刻だけはしないようにね。今日はお疲れ様。ふたりともおやすみ〜〜」

ヒラヒラと手を振って、蘭は先に帰っていった。


「で、マネージャーを引き受けたほんとうの理由はなんですか?」

ふたりきりになった途端、久良羽の声は固くなる。

念のため伊達さんのいる病室から離れた場所まで移動してから答える。

「相変わらず察しがいいな」

「瀬武先輩がなんか隠しているような顔をしてるから」

「君くらいだぞ。そこまで気づくのは」

久良羽はいつものように表情筋がろくに仕事をしていないような俺の顔から、内面の変化を読み取る。アイドル稼業で鍛えられた観察眼には毎度驚かされるばかりだ。

「あと伊達さんって超酒豪なんです。本気で酔ったところなんて見たことありません。そんな人が酔って防波堤から落ちるなんて正直考えにくいです。あそこの砂浜って開けているから、月明りでいつも明るいじゃないですか。足元だってきちんと見えていただろうし」

冷静に状況判断した上で、久良羽はそう結論づけていた。

彼女には隠し事ができないので、俺は正直に打ち明ける。

「新しいレプリカが現れた。オリジナルは立石蘭だ」

「え、そんな……!?　蘭ちゃんはいつ虹に降られたんですか?」

「スケジュール的に昨日の夜便のフェリーで彼女達は到着したから、その夜だろう。それで蘭と浜で話していたら、いきなり伊達さんの背後に現れた」

「……ていうか、なんで蘭ちゃんとふたりきりで店を抜け出しているんですか」

久良羽は鋭い視線を向ける。

「女の子を夜にひとり歩きさせられないだろう。まぁ、君は俺の忠告を無視したが」

「――。それで、蘭ちゃんも自分のレプリカを見たんですか？」

久良羽は自分のことを棚上げして、話を戻す。

「伊達さんが落ちたことにかなり動転してたから、もし見ていても理解はできていないはずだ。自分と同じ顔が歩き回っているなんて、ふつうは信じられない。君もそうだっただろう？」

「はい。瀬武先輩の事情を聞いて、ようやくって感じでしたし」

久良羽は素直に頷《うなず》く。

「俺はこのまま蘭に隠し通す。知らない方が蘭にも支障が出なくて済む」

「私の時みたいにレプリカを探さなくていいんですか？」

「今回は鬼ごっこのようなものだ。島に住んでいる君と違って、レプリカから逃げ切って立石蘭を東京に帰せば解決だ」

「あ、そっか。私みたいにレプリカをきちんと受け入れる必要もありませんよね。島から離れる方が単純に楽ですし」

久良羽の声には実感がこもっていた。

「幸い日数が浅いレプリカはまだ日中も動けない。夜だけ警戒すれば問題ない。あくまで日中の付き添いは念のためだ」

「なんだかマネージャーというよりボディーガードみたいですね」

「だから、夜はひとりで出歩かせない。これを徹底させれば乗り切れると思う」

大げさにならないように、俺はできるだけ軽い調子で答える。

「明日は私も一緒に付き合いますよ。人手は多い方がいいですよね」

久良羽は当然のように手伝いを申し出る。

「ダメだ」

俺は即座に却下した。

「私だって蘭ちゃんが心配なんですよ。むしろ鈍い先輩はそもそもマネージャー業務をこなせますか？　相手の求めていることを先回りして準備するって結構大変ですよ」

「そちらは努力する。とにかく君はダメだ。手伝いはいらない」

「頑《かたく》なですね」

「久良羽を巻きこみたくない」

「私、ちゃんとレプリカと向き合えましたよ」

俺がはっきり拒絶するものだから、久良羽もムキになって食い下がる。

「関係ない。今回に関しては、君は避けるべきだ」

「瀬武先輩、まだなにか隠してますよね？」

もはや表情さえ読むまでもないと、久良羽は睨《にら》む。

「……伊達さんは、レプリカのタテイシランに突き落とされた可能性が高い」

「まさか⁉　そんなことって」

俺はこれから残酷な問いかけをする。

彼女の忘れたい記憶を呼び起こし、傷つけることになるだろう。

たとえ嫌われようが恨まれようが今回の件だけは久良羽を巻きこみたくない。


「君は、自分を害するかもしれない相手を前に、も、う、一、度、盾、に、な、れ、る、か？」


久良羽は息を呑《の》む。

白い喉《のど》を何度か上下させ、必死に次の言葉を吐き出そうとする。

その反応だけで十分だった。

彼女の脳裏《のうり》によぎっているのは自分がアイドルを辞めることになった原因。

ビヨアイのファンによるアイドル襲撃事件。

熱心な恵麻《えま》久良羽ファンが立石蘭に襲いかかり、咄嗟《とっさ》に久良羽が蘭のことを庇《かば》った。

久良羽も蘭も無傷で、犯人もすぐに捕まった。

だが、その時のショックが癒えず恵麻久良羽は芸能界を引退。

そうして祖父母の暮らす夜虹島《やこうじま》にやってきた久良羽も、虹に降られてレプリカが現れた。

俺との出会いをきっかけに久良羽は最終的に自身のレプリカを受け入れ、アイドルへの未練は完全に断ち切ることができた。

「…………ほんとに、ボディーガードじゃないですか」

久良羽は悔しそうに漏《も》らす。

「君を遠ざけるのは意地悪がしたいんじゃない。下手をすると、また怪我人が出かねないんだ。蘭のレプリカは君の時とは行動原理が違いすぎる」

アイドルを辞めて、ふつうの女の子になった恵麻久良羽。

だが——理不尽な暴力に対する恐怖心まで克服したわけではない。

忘れたいことほど簡単には忘れられない。

「瀬武先輩。蘭ちゃんは私にとって大切な人です」

久良羽はおもむろに俺の手を握ってくる。

いつも自信家で堂々とした振る舞いをする少女の手は、今かすかに震えていた。

「俺を信じろ。レプリカには慣れている。君の分まで蘭のことは必ず守る」

「はい。そこは頼りにしています」

久良羽は、姉であり親友でもある蘭の身を心から案じていた。

「安心しろ。いざとなれば俺が盾になる」

俺にとって恵麻久良羽はかわいい後輩だ。

そんな彼女を悲しい気持ちにさせたくはない。

「私は瀬武先輩のことも心配しているんです！　ふたりとも無事じゃなきゃダメですからね」

「俺には虹の女神様がついている」

我が家の居候である幼女のことを出すと、久良羽はそれ以上の心配の言葉を呑みこんだ。

「蘭ちゃんのレプリカはなにがしたいんですか？」

「わからない。レプリカはオリジナルの肉体を求めるのが常だ。蘭自身を狙《ねら》うのならまだ理解ができるが……。蘭が伊達さんを恨むような事情は？」

「ありえません！　伊達さんはみんなのお母さんで、ビヨアイにとって八人目のメンバーです」

俺の疑念を、久良羽は否定した。

気持ちはわかる。だけど親しい相手にも少なからず負の感情を抱くのは、人間として珍しいことではない。瞬間的な怒りもあれば、日常的に積み重なる不満や恨みもある。

それでも適当に流し我慢することで、多くの人は日々をやりすごす。

あらゆるストレスを真に受けてしまえば、人の心は傷だらけになってしまう。

特にアイドルという職業についている蘭は、常人の何倍ものストレスに晒《さら》される日々を送っている。

立石蘭が心の底でどんな悩みを抱えているのか、俺も久良羽もまだ把握できていない。

「わかっている。病室での蘭は伊達さんを本気で心配していた」

――ただ、落ちる直前まで蘭と伊達さんが口論をしていたのも、俺は見ている。

「当たり前ですッ！」

全身から怒りを発するように、久良羽が叫ぶ。

「こーら、久良羽。病院では大きな声を出さないの。他の部屋にご迷惑でしょう」

奥の病室の扉が開き、伊達さんがよろよろと顔を出す。

「興奮すると声が大きくなる癖《くせ》は変わらないのね。こっちまで丸聞こえ。おちおち寝てられないじゃない」

久良羽は急いで病室の入り口まで行って、痛みを我慢する伊達さんに肩を貸す。痛み止めを飲んだおかげで多少は動けるようになったが、やはりしんどそうだ。

「せめてお母さんじゃなくて、綺麗《きれい》なお姉さんにしなさい。私は華の独身よ」

「すみません」

久良羽は幼児のように、肩を縮めてシュンとしていた。

「でも、あなたが変わりなくて安心もしたわ」

「瀬武先輩やみんなのおかげで、ふつうの女子高生を楽しんでますから」

久良羽の言葉に、伊達さんは母親のようなやさしい顔つきになった。

俺も手を貸して、ふたりで伊達さんをベッドの上に寝かせた。

「伊達さん。いくつか質問をよろしいですか」

「どうぞ」

「昨日の夜便で夜虹島に到着されましたよね。その後の行動を教えてくれますか？」

「……その質問、どういう意味があるの？」

伊達さんは意図が理解できず、怪訝《けげん》そうな顔になる。

「瀬武先輩は、こう見えて観光案内が得意なんです。私も色々案内してもらいました。きっと明日の蘭ちゃんとの会話の話題になるように、なにかヒントを知りたいんですよね」

すかさず久良羽がフォローしてくれたおかげで、伊達さんは納得していた。

「港からホテルに直行して部屋で一休み。それから蘭と夕飯」

「食事は外のレストランとかですか？」

「ホテル内で済ませたわ」

「その後、外に出歩いたりは？」

「いいえ。ホテルの敷地から出ていないわ」

すると蘭は一体いつのタイミングで虹に降られたのだろうか。

「あ。でも、食事の後にホテルのビーチに出たわね。そうだ、なんか変なことがあったのよ」

俺と久良羽は顔を見合わせる。

「伊達さん。その時のことを詳しく話してください」

「一瞬のことだから、正直よくわからないのよ。砂浜をふたりで散歩していたら、急に空が光ったと思ったら目の前が七色にグワーッと光に包まれて。多分、上から降ってきたのかな。すごく眩《まぶ》しくて、チカチカしながら目を開けたらなんか人影があったような……？」

「人影はどうなりました？」

「わからない。蘭と驚いているうちに目が慣れたら、特に変わったこともなくて。あぁ、でもあんな風に虹が降るような演出はいつかライブでやってみたいわね」

どんな些細《ささい》なこともビジネスに結びつけようとする伊達さんの貪欲《どんよく》な姿勢はさすがである。

とりあえず昨夜、蘭が虹に降られたのは確定した。

「もうひとつだけ。落ちる直前、蘭と電話で話していたことを詳しく聞かせてください。今のあなたと蘭にはなにか問題がありますよね？」

俺は本題を切り出す。

「瀬武先輩⁉」

「悪いが久良羽が知っている立石蘭は、君が在籍していた頃の話だろう。俺は今の立石蘭について知りたいんだ」

久良羽の批難がましい視線を浴びながら、伊達さんの口を開くのを待つ。

常識的に考えて、高校生である俺がアイドルの一日マネージャーなんて無理な話だ。

先ほど伊達さんは自分が不在でも現場は回ると言った。

それでも俺を据えておきたいのは、なにか別の理由があるのかもしれない……。

「頼む以上、話しておくべきなのが誠意よね。あなたの言う通り、私と蘭は今後のことで意見が割れている。いえ、決めかねているって言うべきかしらね」

「新メンバー・オーディションのことですか？」

「蘭から聞いた？」

俺は頷く。

伊達さんは久良羽の方に顔を向ける。

「まず誤解しないでほしいのは、オーディションはこれからのビヨンド・ジ・アイドルというグループがさらに飛躍するためよ。久良羽の穴を埋めるためじゃない。あなたの勇気ある決断を私は心から尊重している。むしろ、メンバー達は七人だった頃に負けないために、これまで以上にパワフルになったわ。それぞれの活躍の場を広げて、グループ全体の底上げに結びついている。特に蘭は単独センターとして、他の誰よりもがんばっていた。むしろ、がんばりすぎている。オーディションを企画しているのは、そんな蘭に対するグループとしての負担を減らすのが目的なの」

伊達塔子は誇らしげに自分が育てたグループの近況を報告する。

「蘭にとって久良羽の存在はとても大きかった。まだあなたが辞めた原因を自分だと思って引きずっている。ニコニコしているけど、内心ではふたり分の活躍をしようと必死なの。写真集の撮影場所をこの夜虹島にしたのは蘭の強い希望もあったし、今回のような緩いスケジュールで少しでも気分転換してほしかったのよ。迷惑かもしれないけど、久良羽にも会えるし」

伊達さんは申し訳なさそうに打ち明ける。

「私は蘭ちゃんや伊達さんに会えて嬉《うれ》しかったです」

「ええ。なのに、私が怪我して心配させるなんてザマはないわ」

伊達さんは皮肉っぽく口の端を歪《ゆが》める。

「――蘭は久良羽にビヨンド・ジ・アイドルへの復帰を望んでいるんでしょうけど、それはありえません。恵麻久良羽はもうふつうの女の子なんです」

久良羽の代わりに、俺が言いづらいことを代わりに告げた。

「わかっている。だけど蘭自身がまだ諦《あきら》めきれていない。今は仕事が多忙なことで誤魔化《ごまか》しているけど、いつか心のバランスが崩れてしまう。どんなにメンタルの強い子でも限界はある。私は、蘭が折れてしまわないか心配なのよ」

伊達さんの慈愛に満ちた眼差しは、我が子を心配する母のものだった。

久良羽の瞳《ひとみ》も同じように不安げに揺れる。

「俺になにができるかわかりませんが、精一杯マネージャーを務めます」

立石蘭は、オリジナルの瀬武継陽《つぐはる》が応援していたアイドルだ。

そんな彼女のレプリカが現れたのなら、瀬武継陽ほどボディーガードの適任者はいない。

少なくとも、昔の俺なら迷わず引き受けている。

だから、俺が代わりに立石蘭を守ってみせる。

□■□■

兄貴のクルマで久良羽を家まで送り届けて、俺達もようやく帰宅した。

マネージャーの件を、兄貴はあっさり了承する。

自室に入ると、かわいらしい幼女がゲームをプレイしていた。

見た目は六歳ほどの幼い子どもながら、その極《きわ》めて整った顔つきは神々《こうごう》しさすら感じられる。

七色に見えるような不思議な色の長い髪。お気に入りのシンプルなワンピースに、首に巻いた長いストールはうっすらと光って見える。

そんな人間離れした容姿のかわいらしい彼女は自称・虹の女神を謳《うた》う我が家の居候である。

名前を虹乃彼方《にじのかなた》という。

「彼方、レプリカがまた現れたぞ」

「今忙しいんだぞ。ちょっと待て」

彼方はコントローラーを握りながら、必死にテレビを睨んでいた。

「あーまた負けたッ！　なんでなんだぞ！」

彼方はコントローラーを乱暴に放りだしベッドに倒れこむと、悔しそうに足をバタつかせる。

「彼方。腹いせにコントローラーを投げるな。壊れたらどうする」

「今日はあの小娘の仲間が来ていたのだろう？　おまえがサインを持っている方の」

彼方は俺の注意を聞き流して、テーブルに出しっぱなしにしてある蘭のサイン入りのＣＤをこれ見よがしに持ってくる。

「その立石蘭のレプリカが現れたんだ」

俺は彼方の頭を雑に押さえつけつつ、ベッドに腰かける。

「あの小娘といい、アイドルという仕事は余程ストレスの溜《た》まる仕事なんだな」

ある意味、的を射た言葉に俺は笑いそうになる。

「人気者は大変なんだよ」

「嫌なら辞めればいいんだぞ」

「そう簡単にいけばレプリカは現れないよ」

「それは困る。もう少しで、このストールの虹の力も完全に満たされるところだ。どれ、そのレプリカを軽く対処してやるか」

彼方は誇らしげに首元に巻いたストールの長い端を靡かせた。

「明日、俺は立石蘭のマネージャーをするから朝から同行してくれるか？」

「早起きは無理なんだぞ」

「遅くまでゲームをせず、寝ればいいだけだろう」

「昼間はそこまで警戒することもないんだぞ。影の濃さはどれくらいだ」

やはり彼方も俺と同じ認識だった。

「そこははっきり確認できていない。ただ、昨日の夜に虹に降られたばかりのレプリカだ」

「なら、なおのこと構えることもないんだぞ」

「だけど、怪我人が出た。用心に越したことはない」

俺の報告に、彼方は顔色を変えた。

「確かなのか？」

「あぁ。レプリカのタテイシランがマネージャーを防波堤から突き落としたのを俺が見ている」

「いきなりオリジナルではなく、他の人間に干渉するとは大物の予感なんだぞ」

「マズいのか？」

「人間の感情は虹のように多彩だ。一色ではとてもまとまりきれん。たとえば愛しているから殺してしまうこともある。その正体は、愛か？　怒りか？」

彼方は真面目な顔で問いかけてきた。

「俺みたいな感情に疎《うと》い人間に、答えられると思うか？」

「いいから考えよ。おまえは今の自分に期待しなさすぎているんだぞ」

しばし黙考した上で、俺は怒りだと答えた。

「どうしてそう思う?」

「愛が正常なら、殺意を止めるブレーキになると思うから」

「救いがあって美しいな。ぼくは好きだぞ、おまえの考え方」

彼方は幼女とは思えない透徹した目で、俺も見てくる。

「それで、彼方の答えは?」

「答えは両方なんだぞ。大きく強い感情ほど、それが裏返った時は恐ろしい」

「裏返る……」

「誰かを殺したいほど憎んでも、実際に行動を起こすの間には大きな隔たりがある。思うのは自由だが、行うのは難しい。ところがだ、そのタガがふいに外れる瞬間は確かに存在する。考えるより先に気づいたら行動していた、というやつだ。おまえにも覚えがあるはずなんだぞ」

「俺に?」

「忘れているなら、それでいい」

彼方は曖昧に微笑《ほほえ》み、話を続ける。

「レプリカは、オリジナルの強い感情や願いだけが独立したものだ。そこに善悪なぞはない。無意識のうちに押し殺した本音を叶《かな》えるために、レプリカとして行動する」

「レプリカにはブレーキがないのか」

「ゆえに愛が悲劇を招く。もちろん、その逆もな」

「逆？」

「どれだけ危険な瞬間においても、人は身を挺《てい》して他人を守る」

あぁ、その通りだ。

自分の命など顧みず、大切な人を守るために人間は理不尽と対峙《たいじ》する。

俺は、久良羽が蘭を守った時のことを思い返す。

「つくづく感情、特に愛は複雑だな」

「まったくだ」

ならばオリジナルの瀬武継陽は感情を抱くことを拒絶したい、と強く望んだのだろうか。

その結果として感情の欠けた今の俺になったのか。

いや、今は考えるのはよそう。

俺のことは既に終わっている。

向き合うべきは立石蘭の方だ。

「俺はレプリカのタテイシランを止めたい。たとえ蘭本人じゃなくても、彼女に周りの大切な人を傷つけさせたくない」

「心配するな。ぼくがいれば問題ないんだぞ。虹の女神を信じよ」

そうして彼方は何事もなかったようにコントローラーを手に取り、ゲームを再開した。

第四話 初恋はアイドル

翌朝。俺《おれ》は早起きして、立石蘭《たていしらん》の宿泊するホテルへ向かうために着替える。

案の定、遅くまでゲームを遊んでいた彼方《かなた》は寝床にしている押し入れから出てこようとしない。無理やり起こすが、身体《からだ》はふにゃふにゃのタコのように力が入っていない。俺がどれだけ呼びかけても、寝起きの彼方はむにゃむにゃと言語不明瞭なことを漏《も》らし、とにかくまだ寝るの一点張り。

これ以上粘っても俺が遅刻してしまうので、とりあえず先に出ることにした。

「彼方。助っ人に迎えを頼んだから、あとで一緒に虹城《こうじょう》神社に来てくれ」

「わかったんだぞー」

眠そうな返事に送り出されて、俺は愛用の自転車ではなく近所のバス停から出ているバスに乗る。

ガラガラの車内で窓際の席に着く。朝焼けに染まる海沿いの道を眺めているうちに市街地に入る。しばらくすると海浜公園虹が見えてきた。

公園の広場に立つのは虹の女神像。

女神像は美しい大人の女性の姿で、天女が纏《まと》うような羽衣を両腕に絡《から》ませていた。

もしも女神が現れるとするならば、あんな姿をしているのだろうか。

不思議なことに女神像の顔には妙に既視感がある。

黄金比などがあるように、人間が美しいと思う整った顔立ちは必然的に似てくる。

きっと、どこかで同じような顔を見ていたのだろう。

バスは公園と併設されている島の玄関口である港、さらにショッピングモールを横目に進んでいくと、夜虹島《やこうじま》でも有数のリゾートホテルのバス停に到着する。

ホテルのロビーには朝からツアーやレジャーに向かう客で溢《あふ》れていた。

昨夜の内にもらった連絡で、一日のスケジュールと今日の撮影場所は把握済み。

ついでに、朝食は抜いておくようにと注意書きまであった。

約束の時間より早く着いたが、立石蘭はソファーに座って待ち構えていた。

大きな麦わら帽子にサングラス、そして昨日と同じようにリゾート仕様のカジュアルな軽装。

一見すると海に遊びに来た大学生のようであり、周りを通り過ぎる人達には彼女がビヨアイの立石蘭だとは気づかれていない。

「おはよう、瀬武《せぶ》っち。いい朝だね」

彼女はすぐに俺に気づく。こういう時に俺の銀髪は目印になりやすい。

「おはようございます。お待たせしてすみません、蘭さん」

「気にしないで、あたしが早く来ただけだから。こう見えても寝起きはいいんだ。それより、その蘭さんってなに？　違和感」

「今日一日は立場上は一応マネージャーなので」

「中途半端《ちゅうとはんぱ》なさん付けなんていらないよ。むしろあたしが呼び方変えようかな。ね、継陽《つぐはる》」

「ご自由に」

蘭が気持ちよく仕事ができるなら、呼び方など好きにしてもらえばいい。

「意外とあっさり。じゃあ継陽、とりあえず朝ごはん食べよう。お腹《なか》すいちゃった」

彼女に先導される形で、俺達はホテルのレストランへ向かう。

「こんな堂々と食事をして大丈夫なのか？」

「あたしって、メイクさんやスタイリストさんの力を借りないと目立たないから平気だって」

本人の口振りに反して、周囲の視線はこちらに集まっていた。

「そうでもないと思うが」

「むしろ、継陽の髪の色が目立つからじゃない」

「その可能性は否定できない」

「ふふ。目立つと大変でしょう」

レストランの受付に行くと、俺達は奥の個室に通された。

自然光をたっぷり取り入れられた明るく落ち着きのある部屋。

喧騒《けんそう》は白い壁で遮《さえぎ》られ、壁の一面は全面ガラス張り。主役となる大パノラマの海を眺めながら食事ができる。素晴らしい光景に食事も一層美味《おい》しく感じるだろう。テーブルのカトラリーはピカピカに磨かれ、整然と並べられている。

「継陽も朝ごはん食べてないよね」

「まだだ」

「じゃあ、一緒に食べよう。まだ時間も余裕あるし、フクリコーセー的な。どうせ塔子《とうこ》ちゃんと一緒に食べるはずだったし、本人からもＯＫもらっているから安心して」

福利厚生で高級ホテルの朝食が食べられるのなら、好条件・好待遇である。

俺もサマーモンタージュ・カフェの仕事で何度かこのホテルを訪れているが、こうして中で食事をするのははじめてだった。

「では、ありがたく」

「あたしはフルーツと紅茶にする」

蘭はサッとメニューに目を通して、こちらに手渡す。

「そんなに少なくて足りるのか？」

「食べすぎてお腹をぽっこりさせたまま写真は撮れないからね。こういう時は少な目にしているの。継陽は遠慮なく好きなのを頼んでいいよ」

マイペースにやっているように見えて、やはり蘭も立派な芸能人である。

久良羽《くらう》と同じくアイドルとしてのプロ意識はしっかりしたものだ。

スタイル維持が仕事とはいえ、食べたいものを我慢できるのは立派なことだと思う。

「……なら俺も蘭と同じもので」

「コラ。無理に合わせなくていいから」

「だが、横でベーコンなんて食われたら気になるだろう?」

「気を回してくれるのは嬉《うれ》しいけど、あたしは食事でONOFFを切り替えているの。昨夜はガッツリとハンバーガーやポテトフライも食べていたでしょう?」

「あぁ、確かに」

「むしろ男の子がガッツリ食べている姿を見る方が楽しいから、あたしのために頼んで」

メニューには小難しいカタカナの料理もいろいろ並んでいたが、俺はシンプルにオムレツとベーコン、パンとサラダにオレンジジュースと食後のコーヒーに決めた。

注文を取りに来たレストランの給仕はさすが丁寧で無駄なく、気持ちのいいものだった。

一度で聞き取り、無駄なやりとりが発生しない。こういうスマートな接客は会話の苦手な俺でも真似《まね》できそうだ。今後の参考にしてみよう。

蘭の顔を見れば、なにやらニコニコした顔でこちらを見ていた。

「朝から嬉しいことでもあったのか?」

「こうやって男の子とふたりきりで朝食をとるのってはじめてだからさ。なんか恋人とお泊り旅行に来たみたいな気分で、ちょっとドキドキしているんだ。しかも年下かぁ」

「そんなことを迂闊《うかつ》に口走っていいのか？」

失言ばかりの俺が注意するのもかなり違和感があるが、仮にもマネージャーという立場上アイドルのイメージを守るために全神経を注《そそ》ぐ。

「いいじゃない。感動や感激を言葉にするのは大切なことだよ」

「変な勘違いをされかねないぞ？」

「いいの、あたしはこういう自由なキャラだし。ちょっとヒヤヒヤするくらいの発言した方がファンもメディアも喜ぶんだもの」

「案外と冷静に自分を見ているんだな」

「久良羽の影響かな。あの子はイメージを大事にしていたから、自分の行動や言葉にはすごく気を遣っていたもの。ああいうプロフェッショナルな振る舞いは尊敬しているし、あたしなりのやり方を実践しているつもり」

蘭はさらりと口にするが、それを意識してできるのは並大抵のことではない。

「年下の久良羽を尊敬できる蘭もすごいよ」

「マネージャー、いい褒め方をするね。今のナイス！　その感じで、もっと褒めてね。あたしは褒められて伸びる子だから」

要望にはできるだけ応《こた》えよう。

「久良羽も、君をお手本にしていたと言っていた」

「そうなの?」

「ああ。君のアドバイスがあったから、トークへの苦手意識を乗り越えられたそうだ」

「久良羽ははじめて出会った時から、もう出来上がってたからな。天性のカリスマ性みたいなものが溢れていたし、明らかにオーディションの時から頭ふたつくらい抜けてた」

蘭は遠くを見る目をしていた。

「初対面は、オーディションなのか?」

「うん。はじめて久良羽を見た時にこの子と一緒にステージに立ちたい——この子とアイドルになりたいって思えたんだ」

「アイドル立石蘭の誕生に、恵麻《えま》久良羽の存在があったのか。いいコンビだったんだな」

お互いによい影響を与え合って、ビヨンド・ジ・アイドルは芸能界を駆け上がってきた。

七人組グループにおいて、あえてダブルセンター体制にした伊達《だて》塔子の慧眼《けいがん》は本物だったのは結果が証明している。

「もちろん。他の五人が妬《や》いちゃうくらいね」

「よくわからないが、君ら以外のメンバーからは文句が出ないのか?」

女の子だけのグループの空気は俺には未知のものだ。

「これが不思議と馬が合うんだよねぇ」

「確かに、見事にバラバラだな」

ビヨンド・ジ・アイドルの七人がズラリと並んだ時の見栄えは壮観ですらあった。

カリスマ性のある久良羽、親近感に溢れる蘭。他の五人もギャル、ボーイッシュ、オタク、お嬢様、エキセントリックと虹のように多彩なタイプが揃《そろ》っている。

誰《だれ》もが色鮮やかな個性を持ち、決してカブることがなかった。

「それだけ塔子ちゃんの人を見る目に間違いがないってこと。継陽を一日マネージャーにしたのだってそう」

「俺は所詮素人《しょせんしろうと》だ。要望があれば遠慮なく言ってくれ。できる限りのことはする」

「あんまり堅苦しく考えなくていいよ。こっちは同世代のマネージャーって珍しいから、なんか楽しくてさ」

「高校生マネージャーは難しいだろう」

「あはは、継陽マジレス」

蘭と話しているうちに、朝食が運ばれてきた。

シンプルな料理ほど食材の質や調理の腕が物を言うと兄貴が言っていたことを思い出すが、申し分ない味だった。

上等なホテルの朝食を満喫すると「せっかくだし散歩しない？」と蘭が提案してきた。

出発時刻まではまだ余裕がある。

ホテルはのんびり散策するだけの十分な広さがあり、俺達はプールサイドを歩く。

南国の植物で埋め尽くされており、カラフルな花々が彩《いろど》りを添える。プールで泳いでそのままアルコールを愉《たの》しめるようにプールバーも併設されていた。

「あー分刻みじゃないスケジュールって楽だね。のんびり最高」

蘭は子どもみたいにプールの端のギリギリを行こうとする。

「滑らないように気をつけて」

「平気。濡《ぬ》れたって、どうせ衣装に着替えるんだから心配しすぎ」

「心配するのがマネージャーの役目だ」

「じゃあ、落ちそうになったら助けてね」

「もちろん」

「先に手でも繋《つな》いでおく？」

「それで安心できるなら構わないが」

「……躊躇《ちゅうちょ》しないんだ。継陽って案外女の子慣れしている？」

「恋人がいたことはない」

「ふーん。じゃあ初恋はいつ？　保育園の先生とかアイドルじゃなくて、ガチのやつね」

「初恋……」

問われて、俺は考えこむ。

記憶を思い返してみるが、その時々の感情が想起されないため過去の羅列《られつ》でしかない。いくつかの思い出に現れた女の子はただの登場人物でしかなく、恋をしていたのか今の俺には判断がつかない。

「よくわからない」

「もしかして初恋もまだなの？　高校生になったら誰かひとりくらい特別に印象に残っている子もいるでしょう？」

「うーん」

誰に初恋を抱いたのか。

その感情をどれだけ思い出そうにも上手《うま》くいかない。

忘れているのとは明らかに違う。

記憶という引き出しの中から、感情というものを見つけられないのだ。

そんな感じだ。無理に漁《あさ》ろうとすると額に残る古傷が痛む。

知らずに頭に手をかざしていた。

「そんなに難しい質問をした？　こういうエピソードトークはサラッと話せるようになった方が会話も弾むよ」

「いや、その」

「大丈夫、恋すると色々あるよね。お姉さんがゆっくり聞いてあげよう」

蘭は俺の手を取り、プールサイドに並んだ椅子に座らせた。

「なんか照れくさいことでもあるの？」と蘭も隣の椅子に腰かける。

「満腹で、頭が上手く回らなくて」

俺は適当に誤魔化《ごまか》してみる。

「朝食、しっかり食べれていたもんね。細いのに、食べっぷりはしっかり男の子だ」

「美味しいものは別腹」

「それってデザートだけの話でしょう」

「似たようなものだ」

「雑だなぁ。念のためトイレでスッキリしておいたら？」

「そこまで子ども扱いしなくても」

「まぁ年下の世話を焼くのは慣れてますから」

妙なところでお姉さんぶりを発揮されて、俺はなんとも言えない気恥ずかしさを覚えた。

年上だけど童顔で、気さくだけど実はしっかり者。

そんな立石蘭の振れ幅の広い魅力が、多くの人から応援されるのも頷ける。

俺も、昨日よりも今の方が蘭に好意を感じられた。

「卑怯《ひきょう》だな」

俺は微笑交りにぼやく。

「なんだよ、せっかく心配してあげたのに」

「褒めている。蘭はかわいくて、やさしい。頼りになる」

「なッ⁉」

蘭は声を引きつらせて固まる。

「もしかしてあたしを狙《ねら》っている？　口説《くど》くつもり？」

「君の褒めてほしいという要望に応えたまでなのだが」

「そこは嘘《うそ》でも乗っかってよ」

「嘘は下手なんだ」

「見ればわかるよ」

「だから褒めた内容も俺は本気でそう思っている。たぶん初恋も蘭なんだと思う。アイドルが初恋じゃあダメか？」

異性というものを意識して、他の子とは明らかに違う特別さを抱くのが初恋だとするならば相手が芸能人でも構わないだろう。

「――――。君はさ、照れって知らないの？　真顔すぎってば」

蘭の方が照れた様子で、俺の腕を軽く小突いた。

「ただの事実だ」

「じゃ、じゃあ初恋のアイドルのマネージャーになって今どんな気分？」

「……奇妙だ」

「え、どういう意味？」

「俺はアイドルとファンには越えられない一線があると思っている。東京で暮らしてた頃の俺は自分でお金を払って、仕事中の君に会いに行っていた。ところが今度は俺の方が仕事として君と接している。だから、奇妙だと……。すまない、上手く説明できない」

アイドルと一緒に食事をしているのはファンにとっては夢のような状況なのだろう。

たとえば悠帆《ゆうほ》なら喜びを抑えようと必死になっていたに違いない。

俺も素直にはしゃげばいいのかもしれないが、やはり感情が上手くついてこない。

「初恋のアイドルを前にしては、継陽は堂々としているものね」

蘭はどこか物足りなさそうに言う。

「安心してくれ。俺は蘭にいい仕事をしてもらい、トラブルを防ぐためにここにいる」

「…………あー塔子ちゃんの人選はつくづく的確だな」

蘭は小さくぼやいた。

□■□■

午前の撮影場所は、柊《ひいらぎ》ダイビングショップの裏手にある浜を借り切っての水着での撮影だ。

撮影スタッフは早々に浜に下りて準備を進めていく。

俺は蘭の着替えを待つ間、受付事務所の待合いスペースのベンチに座っていた。

「なっ⁉　なんで継陽がいるのよ？」

現れたのはこの店の看板娘。

観光客のアイドル――柊アイラは、俺の存在に狼狽《ろうばい》していた。

ショートカットのクールビューティーな俺のクラスメイト。悠帆や錬太郎《れんたろう》とは幼なじみである。整った容貌《ようぼう》の彼女はいつも斜に構え、唇には皮肉を乗せがち。実家のダイビングショップを手伝っており、背が高く引き締まった細身でモデルのような印象を与える。

今日は海に入る予定がないのか、デニムにノースリーブのサマーセーターに薄いジャケットを羽織《はお》っている。より大人っぽさが強調される格好だ。

「蘭のマネージャーが負傷して、その代役を頼まれた」

「よりにもよって継陽に頼むなんて、芸能界ってずいぶん人手不足なのね」

アイラは信じられないという顔をしていた。

「やむを得ない理由がある」

「継陽ってアイドルをうちの店に連れてくるノルマでもあるの？」

「そんなものはない」

久良羽に続いて蘭まで同伴すれば、そういうツッコミを入れたくなるのもわかる。

「昔好きだったアイドルと一緒にいられて楽しい？」

ずいぶんと棘《とげ》のある言い方だった。

「立石蘭のレプリカが現れたんだ。だから俺も引き受けた。いわばボディーガードだな」

レプリカの存在を知っているアイラには正直に伝えた。

彼女は、俺が崖から落ちた時の第一発見者だ。

「は、嘘でしょう⁉　もう、厄介事を運んでこないでよ。私、金輪際レプリカに関《かか》わらないって言ったじゃない」

「その理屈なら、俺とも口を利《き》かなくなるはずだぞ」

「……今日はやけに鋭いじゃない」

アイラは痛いところを突かれた様子で、悔しそうに睨《にら》み返す。

「まだ昼間に現れる可能性は低いだろうが、用心だけはしておいてくれ。安心しろ、アイラを巻きこむつもりはない」

「どうだか」

アイラは冷ややかに言い捨て、顔を背《そむ》けた。

「遅れてごめんなさい。彼方ちゃんがなかなか起きてくれなくて。まだ撮影はじまってないよね？」

彼方を連れて現れたのは、悠帆だった。

俺が、昨夜のうちに助っ人としてお願いしたのは彼女である。

今日の私服は、薄手のかわいらしいブラウスにひざ丈のスカートというコーディネート。

「朝から悪かったな、悠帆。来てくれてありがとう」

「ううん。今日も蘭ちゃんの撮影を見学できるんだから、これくらいお安い御用だよ」

その手に引かれた彼方は、まだ眠そうな顔だ。

「朝日が眩《まぶ》しい。そろそろ寝る時間なんだ」

「彼方。もう昼に近いぞ。朝方までゲームをしていないで早寝早起きをしろ」

「世界中の猛者《もさ》との戦いで、寝ている暇などないんだぞ」

毎夜、オンラインで海外勢との対戦に白熱しているせいで夜行性なライフスタイルの彼方。

もっともゲームばかりではなく、夜中に虹が降れば外に出て、レプリカの対応もしていることを俺は知っている。

「そんなんで、いざという時に大丈夫か？」

若干心配になる。

「それがぼくの睡眠時間を削ってまで呼びつけた態度か？」

なんとも覇気《はき》のない声でも、彼方は相変わらず偉そうな態度がよく似合う。

「頼りにしてます、虹の女神様」

「――――うむ、それでいいんだぞ」

彼方は機嫌を直す。

「あれ、悠帆ちゃん以外にもまたまた美少女が増えている。継陽の周りには美少女率高くない？　ちょっとしたハーレムじゃん」

着替え終わった蘭がこちらに合流する。

水着の上にバスローブを羽織った姿ながらも、見られることに慣れた彼女は堂々とした態度だ。

「着替えお疲れ様です」

「服を脱いで、水着を着ただけだよ。はい、これ貴重品ね。管理ヨロシク」と蘭は必要最小限の持ち物を俺にあっさり手渡す。

貴重品管理もマネージャーの役目だ。俺は自分のボディーバッグに入れて、万が一の紛失がないように肌身離さず持ち歩く。

「今回のオリジナル、あの小娘のレプリカになんか似ているんだぞ？」

近づいてきた彼方も俺と同じく蘭に、久良羽のレプリカの印象を見出していた。

「蘭ちゃん、今日もよろしくお願いします！」

「悠帆ちゃん。昨日は楽しかったよ。塔子ちゃんのことで最後に心配させてごめんね」

「カリスママネージャー・伊達塔子さんになにかあればビヨアイの一大事です！　骨折みたいな大きな怪我《けが》にならなくて安心しました」

「ほんとにね」

蘭もほっとした顔つきを見る限り、やはり伊達さんへの信頼感は揺るぎない。

本気の殺意がレプリカにあれば、突き落とすのは砂浜ではなく道路側だっただろう。砂の上に落ちるのとアスファルトでは、その怪我にも雲泥の差が出る。

「そう言えば、継陽くんへの呼び方が昨日と変わったんですね？」

悠帆がすぐに気づいた。

「一日マネージャーだからね。で、そこのクールビューティーさんは？」

「柊アイラと言います。この店のひとり娘で、悠帆や継陽のクラスメイトです。今日は撮影にご利用いただきありがとうございます。素敵なお写真が撮れるといいですね」

家の手伝いをしているアイラは愛想よく振る舞う。

「SNSでも夜虹島を検索して、あなたの写真をよく見てます。わぁ年下なのに大人っぽくて綺麗《きれい》。よかったらあたしとも写真を撮ってくださいね」

「もちろん喜んで。現役《げんえき》のアイドルの方からそう言っていただき光栄です」

ニコリ、とアイラは慣れた態度で丁寧に接する。

俺に対する態度とは大違いだ。

「それで、あなたも継陽が好きなの？」

蘭は、そんなアイラの営業スマイルを崩すように突飛な質問をいきなり投げかけた。

「誰がこんな鈍感男をッ!?」

「あれぇ、ムキになるのがちょっぴり怪しいぞ」

「あなたには関係ありません」

「マネージャーの恋愛事情くらい把握しておきたいし」

「一日限りでしょう!」

父の手伝いがあるので一旦《いったん》外れます、とアイラは早々に会話の輪から離れた。

「あ、あの、蘭ちゃん! せっかくだから、わたしとも写真いいですか!」

悠帆もタイミングを見計らっていたらしい。

「もちろん! あたしが悠帆ちゃんのお願いを断るわけないよ」

蘭はサービス精神旺盛《おうせい》でファンとも積極的に距離を縮めていく。

久良羽が去りし後も、彼女がビヨアイのセンターを務めている理由もわかる。

彼女は広く愛されるタイプだ。

ただの、ふつうではない。

立石蘭は特別なふつうの女の子だ。

彼女が真ん中に立つことで、他の誰が並んでもバランスが取れる。

だから伊達マネージャーは他のメンバーを新たなセンターに据えることなく、蘭だけの単独センター体制を守り続けた。

「で、そこのキラキラした小さな女の子はどなた？　すごくかわいい子だよね。外国の人？　継陽の知り合い？」

蘭は興味津々で、彼方の目線の高さまでしゃがみ込む。

屈《かが》んだ拍子にバスローブの懐《ふところ》部分に隙間《すきま》が生まれ、上からだと胸の谷間ががっつりと丸見えになっていた。真っ白で大きなふたつの膨らみは芸術的な魅惑の曲線を描く。

「あの、ガッツリ覗《のぞ》きこんでいるよね」

蘭は俺の視線に気づいていた。

「すまん」と俺は謝る。

「アハハ。そうだよね、やっぱり継陽も男の子だよね」

蘭は胸元《むなもと》をしっかり閉じた。

「すまん。その子はうちで預かっている虹乃《にじの》彼方。今日は悠帆達と一緒に見学させてもらう」

「よろしく、彼方ちゃん！」

蘭が笑顔と共に差し出した手を、彼方は鷹揚《おうよう》に握った。

「彼方だ。苦しゅうない。ぼくを敬うんだぞ」

「えーちょっと偉そうなのが、またかわいい。ねぇ抱っこしていい？」

「触るでない。ぼくは虹の女神だぞ」

「わぁ女神なんだ。納得のかわいさだね」

蘭はぬいぐるみを愛でるようなノリで抱っこしようと腕を広げる。

彼方はぴゅっと逃げるようにダッシュして、俺《おれ》の後ろに隠れた。

「小動物みたいにすばしっこいのもたまらん。ずっと追いかけていたいかも」

「ぼくより写真をとれ！　今日はそういう日なのだろう！」

彼方は、いきなりグイグイと距離を縮めてくる蘭をすっかり警戒していた。

やはりこういうところはレプリカのクラウを思い起こさせる。

「面白《おもしろ》いなぁ。休憩の時は遊ぼうね」

「遊ばないんだぞ！」

「怒った顔もかわいい。あーリラックスできた」

蘭がちょうどそう言うと、カメラマンの準備も整ったようでこちらを呼ぶ。

まるで、ここまでの振る舞いがすべて計算されていたようなタイミングのよさ。

どれだけ親しみやすくとも、立石《たていし》蘭は職業としてアイドルをやっていた。

第五話 ⧓ 命がけの身代わり

真夏の白い光、白い砂浜、白いビキニ、白い肌の美少女。

そんな夏の魅力を凝縮したような最高のシチュエーションの主役になるのは、波と楽しそうに戯れる立石蘭《たていしらん》の眩《まぶ》しい笑顔だった。

見る者すべてが惹《ひ》きつけられる素敵な瞬間を、カメラはテンポよく切り取っていく。

そんな撮影風景を、俺《おれ》達は日陰の下から見ていた。

複数のパラソルだけでは足りず、大きなタープを張ってあり、その下に休憩用の椅子やケータリングで飲み物や軽食が用意されている。

「一旦《いったん》休憩に入ろう」とカメラマンの言葉で、蘭がこちら側に戻ってくる。

「暑いよ。疲れたぁ。継陽《つぐはる》お水ちょうだーい」

俺はバスローブを彼女に着せてから、ミネラルウォーターを差し出す。

「順調だな」

「ＴＨＥグラビアな水着写真はみんな好きだから、ここはばっちりキメないとね」

蘭は自信満々に微笑《ほほえ》む。

周りでは蘭を取り囲むように複数の女性スタッフが団扇《うちわ》で扇《あお》ぐ。

炎天下の中でカメラで撮られていても、暑くてしんどい気配は一度も見せなかった。

実際、撮った写真を見せてもらうと、まるで魔法にかかったような素敵な仕上がりだった。

多くのスペシャリストの協力の上に、立石蘭の才能が発揮されることで世界は別のものに塗り替えられる。

自分達が見ている現実よりも、さらに魅力的なものに変わっていく。

「みんなもあたしの水着に見惚《みほ》れすぎて、水分補給を忘れないでくださいね」

蘭の呼びかけに現場がどっと笑う。

「とてもいい笑顔だった」と俺も感想を伝える。

「継陽。興奮しすぎて鼻血出さないでよ」

「水分は蘭よりこまめに飲んでいるから心配ない」

「残念。看病してくれる子をここなら選び放題なのに」

蘭は首を巡らせて、見学する女性陣を見た。

「危ないなら救急車を即呼びますけど」

「心配だから、できれば元気なままでいてほしいかな」

容赦なくスマホを掲げるアイラと、既に心配している悠帆《ゆうほ》。実に対照的なふたりである。

「ふたりともいいコンビ！　息ピッタリ！」

「彼女達は幼なじみだからな。もうひとり、荒城錬太郎《こうじょうれんたろう》という男もいる。俺を入れた四人に、最近は久良羽《くらう》も一緒に行動することが多い」

「へぇ、みんな仲良しグループなんだ。もう戻らない学生時代が夏の日差しよりも眩しいッ！

きっと甘酸っぱいイベントが起きている的な！」

蘭は、ちょんちょんと肘《ひじ》で横に立つ俺の太ももを突いてくる。

「具体的には、どういう答えを期待しているんだ？」

「ラブとか恋愛的なあれこれを詳しく！」

「両方、同じに聞こえるぞ」

「女子は他人の恋バナに飢えているのよ！」

「アイドルは自由恋愛できないから大変だな」

「まぁ遊んでいる子は裏でガッツリだけどねぇ。エグくて、エグエグの真っ黒よ」

蘭は含みのある言い方で黒い笑いを浮かべた。

「芸能界の闇《やみ》ね」『アイドルファンはあんまり聞きたくない話題かも」

アイラと悠帆も引きつった表情になる。

「ところで継陽。あのケータリングに用意されている七色のお菓子ってなに？」

「よい目のつけどころなんだぞ。あれこそ、この島で最高の菓子であるレイラちゃん焼きだ」

蘭の質問にすかさず答えたのは彼方《かなた》だった。

「レイラちゃん？」

「この島のマスコットキャラクターの名前だ。レインボーラビット、略してレイラちゃん。港にデカい写真パネルがあっただろう？」

一足飛びな説明に、俺が補足をする。

「あぁ、あのうさぎちゃんね！　うん、フェリーを下りたら、かわいい着ぐるみがいたね」

「レイラちゃん焼きはうさぎの形をしたたい焼きのようなものだ。薄い生地にあんこやクリームなど種類も豊富にある」

「美味《おい》しそうだけど、夏場に食べるのはちょっと重いかなぁ」

「安心せい！　あれは夏限定の冷やしレイラちゃん焼きだ。冷たいクリームやアイスが入っている。きちんとお持ち帰り用で保冷剤もあるから冷え冷えなんだぞ。いいから、レイラちゃん焼きを食べろ。いや、むしろぼくがぜんぶ食べる！」

どんだけ食い意地が張っているのか。

えらくお気に入りらしく、夏の間はとにかく冷やしレイラちゃん焼きしか食べない。

「じゃあ彼方ちゃん、先に食べていいよ」

「ほんとか！　話がわかるでないか」

レイラちゃん焼きに目がない彼方は、さっさとケータリングの方に走り出す。

「いいのか？」

「食べたい子が食べた方がいいでしょう。みんなも好きに摘まんでね。残す方が勿体《もったい》ないもの」

蘭に促されて、アイラと悠帆もレイラちゃん焼きに手を伸ばしにいく。

「あの彼方を手懐《てなず》けるなんて大したものだ。久良羽にはいまだに懐かなくてな」

「へぇ。似た者同士っぽいからかな」

同族嫌悪という切り口での蘭の指摘は興味深かった。

「久良羽と彼方が？　似ているのか？」

「女の子で、髪が長いところ！」

「そんなのいくらでも当てはまるだろう。悠帆も、それこそアイラも昔は長かった」

「そうなんだ。美人さんなら髪が長くても短くても似合うもんね。けど、どうして切ったんだろう。継陽は知っている？」

「いや……」

問われて、言《い》い淀《よど》む。

最初に出会った時にはアイラの髪は確かに長かった。アイラの父親がうちのカフェの常連でよく家族で食事に来ており、アルバイトをはじめたばかりの俺と知り合った。その後も夏休みの間にちょくちょく顔を合わせては会話をするくらいの仲にはなっていたと思う。

なぜ曖昧《あいまい》な言い方になるのかと言えば、俺が崖から落ちたからだ。

俺が退院して、二学期になって教室で再会した時には彼女は髪をバッサリ切っていた。

ただの気分転換くらいだと思っていたが、ハッキリとした理由は聞いていない。

「真面目《まじめ》に言うとあの久良羽と彼方ちゃんって、我が強くて自分に自信のある理想家なところがそっくりな気がするんだ」

蘭はさらっと会話を元に戻してくれた。

「あぁ、確かに」

久良羽も彼方も明確な自分の理想像があり、それに則《のっと》り行動している節がある。

「ついでに、継陽にはすごーく気を許している」

「ふたりとも俺には厳しいぞ」

下手なことを言えば、すぐに注意される。

「甘えの裏返しじゃない？　慕っているから素直に言えるし、気になる相手に関《かか》わりたいのは男女関係ないし」

「嫌われてはいないのならありがたい」

己《おのれ》の感情さえ確信の持てない俺は、他人の心中を正確に察するのは難しい。

「あたしも含めて、君は好かれているから安心しなって」

蘭は念を押すように笑顔を浮かべた。

「ありがとう、蘭」

アイドルの一声で元気になれる。その効力を、俺は実感する。

「アイドルが、ファンの応援のおかげでがんばれる理由もわかるでしょう」

蘭はそう誇らしげに語る。

ふいにポケットのスマホが振動し、画面を見ると久良羽からの電話だった。

「久良羽から電話だ。出ても構わないか？」

「いいけど、あたしじゃなくて継陽にかけるんだ」

蘭はちょっと拗《す》ねていた。

『瀬武《せぶ》先輩、マネージャーはちゃんとできてますか？　現場に迷惑をかけていませんよね？』

開口一番、俺がやらかしていないか心配された。

「素人《しろうと》の俺ができるのはせいぜい雑用だ。むしろ、やれることがなくて申し訳ないくらいだ」

『無理して出しゃばるより、指示されたことをきちんとこなしてください』

「あぁ」

「ちょっと貸して」と蘭が俺のスマホを取り上げる。画面を押して、テレビ電話に切り替える。

「もしもし、久良羽？」

『え、蘭ちゃん。お疲れ様』

「今なにしているの？　暇ならこっちに来なよ～～」

『スタッフさん達に気を遣わせるからいいよ。主役はあくまでも蘭ちゃんなんだから』

画面の向こうで久良羽は気まずそうな顔で、俺の方をチラリと見てくる。

「久良羽、こちらは問題ない。なにも起こっていないぞ」

遠回しにレプリカは出現していないと伝えると、久良羽はホッとした顔になる。

「水臭いこと言わないでよ。あたしは久良羽が見てくれていた方が元気出るんだけど」

『私はここから応援しているよ。むしろ瀬武先輩が現場に迷惑をかけていない？』

「あはは。久良羽、なんかお母さんみたい」

『蘭ちゃんは、先輩のいざという時の大胆さを知らないから……』

「なにそれ、気になる？」

蘭が興味深そうにこちらの顔を見てくる。

『いや、なにもないならそれでいいんだ。平和が一番』

「誤魔化《ごまか》しているの、すごく怪しい。継陽、久良羽になにをしたの？」

「久良羽が一体なんのことを思い浮かべているのか、俺にはわからない」と首を横に振る。

『継陽？』

久良羽の眉根《まゆね》に深い皺《しわ》が寄った。

「あれ、久良羽？　どうしたの、急に険しい顔になって」

『なんか、蘭ちゃんが瀬武先輩を下の名前で呼んだ気がしたけど、私の聞き間違い？』

「瀬武っち改め継陽に昇格しました。二人三脚で写真集の撮影をがんばっています的な」

蘭は白い歯を見せて、俺と腕を組む。

『――。瀬武先輩、真面目に仕事してください。蘭ちゃん、がんばって。また夕飯に』

電話が一方的に切られた。

「……効果は抜群だなぁ」

蘭は複雑そうな顔をしながら、俺にスマホを返した。

□■□■

水着での撮影は滞りなく進み、終盤に差しかかる。

蘭は〝こんなかわいい子と一緒に海で遊びたい〟という夢を見事に体現していた。

どんな時も自然体で、時折小道具のビーチボールや水鉄砲を持って無邪気に戯れながら自分の持っている様々なかわいいを引き出していく。

俺は、かわいいにも色んな種類があるのだと気づく。

見た目がかわいいだけではない。その表情に浮かぶ感情を織り交ぜながら蘭は違うかわいいを次々に表現していく。

ムキになって怒っているかわいい。

悔しそうになっているかわいい。

一生懸命になっているかわいい。

夢中になって楽しんでいるかわいい。

天真爛漫《てんしんらんまん》に笑っているかわいい。

切なそうにしているかわいい。

疲れて眠そうにしているかわいい。

きっと、蘭は無限にかわいいを引き出せるのかもしれない。

昨日も撮影は見ていたが、今日の方がより立石蘭の実力を感じられた。

翻《ひるがえ》って、自分がいかに漠然とした感覚でしか捉《とら》えていなかったことを思い知らされた。

たとえるなら空の青さ、海の青さと一口に青にも色んな青の種類がある。

にも拘《かか》わらず、一括《くく》りに一色の「青」としか見ていない己の雑さを痛感させられた。

気づけば、俺は繊細なかわいさの違いを見極《みきわ》めようと真剣に観察する。

「継陽くん。夢中で見ているね、楽しそう」

悠帆がそっと語りかけてくる。

「蘭の表現力はすごい」

「うん。わたし達が何気なく楽しんでいるものって、こんな風にできているんだなって尊敬しかないよ」

悠帆も同じような感想を口にする。

「ああいうのが本物なんだろうな。アイドルにハマる人の気持ちもちょっとわかったかも」

アイラも感心していた。

アイラは自ら実家の広告塔となって、ダイビングを終えた観光客とたくさん記念写真を撮っている。アイラの映った写真はSNS上で世界中に拡散し、今やすっかり観光客のアイドルとして認知されるほどの人気ぶりだった。

写真がありのままの現実を映すことはない。

そこには無数の演出や加工という嘘《うそ》が作為的に、あるいは無意識に紛《まぎ》れこむ。

人間は潜在的に美しいものが好きだ。

そして化粧やアプリの加工などでは到底埋められない魅力が蘭にはあった。

プロの仕事を目《ま》の当《あ》たりにしている俺達の横で、彼方はスヤスヤと寝息を立てていた。レイラちゃん焼きを食べすぎて、そのままビーチチェアですぐに寝てしまったのだ。

日陰の下、満腹で海風に吹かれながら横になるのは最高の寝心地だろう。

「贅沢《ぜいたく》なやつだな」

俺が彼方の頬《ほお》っぺたを指で突いても、起きる気配がなかった。


午前中の撮影が終わる。

撮影チームが撤収作業に入り、蘭は一足先にダイビングショップの更衣室に向かった。

着替え中にトラブルがあると俺には手が余るので、付き添いは悠帆にお願いした。

「彼方、いい加減起きないと邪魔になる」

アイラの気遣いで、ビーチの後片づけのギリギリまで彼方を寝かせてくれていた。

撮影機材が運び出される横で熟睡できるのだから、彼方は相当《そうとう》眠かったようだ。

そんな気ままさに他のスタッフさん達も笑っていてくれた。

愛くるしい寝顔ではあるが、もう残りは彼方の寝ているパラソルとビーチチェアだけ。

気づけば、ここには俺と彼方とアイラの三人しか残っていない。

視界いっぱいに広がる無人のビーチ。

いつの間にか風向きが変わり、吹きあがった砂がパラソルにパラパラと当たった。

ふいに景色の端に違和感が映りこむ。

離れた場所に、一本だけパラソルが立っていた。

先ほどまで、あそこにはなにもなかったはずだ。

「……なぁアイラ。あんなところにパラソルなんて立っていたか？」

「この場所でつかう分しか出してないわよ」

アイラの返答と同時に、彼方がパチリと目を開けた。

「真っ昼間からとは、いい度胸なんだぞ！」

飛び起きた彼方は、遠くに現れたパラソルに向かって駆け出す。

「彼方⁉　俺も確認してくる！　アイラはここで待ってろ！」

「継陽、荷物！」とアイラがよこせとばかりに手を伸ばしてきた。

走るのに邪魔だから預かるということなのだろう。

俺は自分のボディーバッグをアイラに投げ渡して、彼方の背中を追いかける。

不自然なまでに離れた場所にいつの間にか現れたパラソル。

太陽が十分に高い位置に昇った頃合《ころあ》いを待っていたのか。

頭上から降《ふ》り注《そそ》ぐ日光を遮《さえぎ》る大きなパラソルの真下には、黒い影ができる。

その中にすっぽりと溶けこむように立つのは見覚えのあるアイドル衣装。

レプリカのランがそこにいた。

「パラソルの影で昼間も出歩けるようにするなんて」

現れたばかりのレプリカは日中に姿を見せることはない。

そう聞いていた。

だから、まさかこんな力技で出歩くとは予想外だ。

俺達の接近に気づいたレプリカのランは、すぐに後退していく。

「彼方、日陰に逃げこむ気だ。深追いはよせ！」

「その前に傘を奪って消してやるんだぞッ！」

俺の忠告を無視して、彼方はさらに距離を詰めていく。

ビーチに張るような大きなパラソルは風で飛ばされないように、それなりの重量がある。

男でも持ち上げるのは大変だ。

「あれを日傘にするには重すぎるぞ」

レプリカとはいえ、女の子の細腕が平然と大きなパラソルを持っていると、見た目は本物っぽいライブの小道具と勘違いしてしまう。実際、重さなど関係なくレプリカは跳ねるように軽《かろ》やかに動く。

レプリカの見た目に騙《だま》されてはならない。

それでも俺は、彼方の優位性を疑っていない。

このまま真っ向から対峙《たいじ》すれば、勝つのは彼方だ。

だからこそ、わざわざ危険な昼間に現れた意味がわからない。

偵察か、リスク覚悟での強襲か？

蘭が明日の夜には東京に帰ってしまう以上、焦《あせ》っているというのは理解できる。

しかしレプリカのランは、今回もオリジナルの蘭を無視していた。

「レプリカのランは、なにが目的だ？」

——レプリカなのに、オリジナルの肉体を乗っ取ることには興味がないのか？

どうして彼方と一対一の状況に持ちこもうとしているのか。

俺は走りながら、前を行くふたりからどんどん離されていく。

足の取られる砂浜でもお構いなしに、レプリカも彼方も走る速度を緩《ゆる》めない。

「…………彼方、なんだか妙だ！　止まれ！」

罠《わな》に誘いこまれているような感覚に陥《おちい》ってしまう。

「昼間にノコノコ出てきたことを後悔させてやるんだぞ！」

追いついた彼方がパラソルを吹っ飛ばそうと、トドメとばかりにキックをかます。

レプリカのランは背中に目があるみたいに、最小限の動きで彼方お得意の飛び蹴《け》りを避けた。

その動きは流麗ですらあり、距離があるにも拘わらず目を奪われかけた。

俺とレプリカのランが一直線上に並ぶ。

レプリカのランは日陰の中に入った途端、パラソルを畳んだ。

アイドル衣装のランは、閉じたパラソルを魔法少女のステッキのように軽々と頭上で回して、逆手に持ち替える。

パラソルの突端は、俺に向いていた。

手に持つ日除《ひよ》けの傘は閉じられた今、重たく長い槍《やり》のように危険な凶器に変わった。

「ッ！　おまえ、逃げるんだぞ！」

狙《ねら》いは——俺だ。

彼方の叫びと同時に俺は咄嗟《とっさ》に海の中へ飛びこんだ。

直後、発破の演出みたいに水柱と砂が派手に舞い上がった。

身を伏せるように潜ったせいで海水が口や鼻に大量に入ってしまい、顔を上げると激しくむせてしまう。口の中がしょっぱく、鼻の奥が塩辛《から》くて痛い。

ずぶ濡《ぬ》れのまま砂浜を見れば、パラソルが柄のあたりまで深々と突き刺さっていた。

「……あんなものが命中してたら本気で死んでいるぞ」

真夏の温かい海に浸かっているというのに、俺は背筋が寒くなる。

どうやらレプリカのランは彼方を俺から引き剝《は》がすために、わざと姿を現わした。

ファンがアイドルを狙う事件の意趣返しとばかりに、アイドルが一般人である俺を狙ってきた。悪い冗談である。

しかも肝《きも》が冷えるほど、とびっきりガチなアプローチで。

□■□■

「思わず海に飛びこんじゃうなんて青春なの？　若さなの？　夏の魔力ってすごいね」

着替え終わった蘭は、入れ替わりに全身ずぶ濡れになった俺に苦笑していた。

「すみません」

目撃者が俺と彼方とアイラだけだったので、レプリカのことは伏せておくことにした。

単純に俺が海に入って濡れたということにした。

「そーれーとーもー、あたしの水着姿にでも興奮しちゃったとか？」

蘭はニヤリと意味深な笑みを唇に浮かべる。

「おかげで色々と冷えました」

「風邪引いたらいけないから、君もシャワーを浴びてきな」

蘭の強い一言により、俺は先にシャワーを借りることにした。

撮影チームは柊《ひいらぎ》ダイビングショップ名物のバーベキューで既に昼食タイム中。

アイラのお父さんが腕を振るう絶品料理に、炎天下の撮影で疲れたスタッフさん達は大いに喜んでいた。

頭からシャワーを浴びながら、現時点でわかっているレプリカのランについて整理する。

「ふつうのレプリカはオリジナルの肉体を狙うが、立石蘭を完全に無視。狙いはなんだ？」

危険を冒してまで日中に現れたのが偶然とは考えにくい。

「狙われたのは伊達《だて》さんと俺という他人。性別や年齢は異なる。共通しているのは立石蘭のマネージャーであること？」

昨日の夜に引き受けたばかりの俺に仕事上の影響力があるわけがない。

「……伊達さんはともかく、俺を排除することで蘭のなにが解決するんだ？」

仕事上のトラブルで伊達塔子《とうこ》を嫌っているならだけなら筋は通る。

ストレスの多い職業である以上、表面上には出てこない悩みや苦労があるのは当然だ。

そこに、俺が含まれることで一気にややこしくなる。

他に接点がないのだ。

俺は、瀬武継陽が狙われる理由が思い当たらない。

「昔の俺がアイドル立石蘭のファンだっただけだ。しかも、数年ぶりの再会」

もちろんストレス解消のために誰彼《だれかれ》構わず襲うという可能性も無きにしもあらずだが、狙いやすい相手は他にいくらでもいる。彼方という強力な味方を連れてきた俺をわざわざ襲ったということは、確実になにか原因があるのだろう。

「蘭が、友達でも恋人でもない俺の顔を覚えていたことと関係があるのか？」

アイドルファンだった昔の瀬武継陽にとっては、この上なく喜ぶべきことだろう。

推しのアイドルに顔と名前を覚えてもらえたことは、ファンにとって誉れだ。

「……昔の俺は、一体どんな応援をしていたというのか？」

イベントに足繁く通っていた。だが、なにか特別なことをしたこともされた記憶もない。列に並び、ＣＤを買い、インストアイベントに参加、握手会、ライブなど一般的なオタ活の範疇《はんちゅう》に収まるものばかり。

なにか立石蘭から特別視される要因でもあったのか？

「継陽。これ、着替えを持ってきたから」

俺の意識を引き戻したのは、アイラの声だった。

「ここは男子更衣室だぞ？　入ってきていいのか？」

正確には、ロッカーの並んだ着替えスペースと奥のシャワー室に分かれている。

「他にお客さんはいないし。それよりも、なんでレプリカのタテイシランが、あんたを襲ってくるのよ？」

「やはりそう見えたか」

「下手したら死んでた」

「俺が狙いなら、むしろオリジナルの蘭に被害が及《およ》ばないので好都合なんだがな」

こればかりは不幸中の幸いだ。

蘭を無事に東京へ帰す、という最大の目的がより達成しやすくなる。

「あんたはそれでいいの？」

「もちろん。レプリカから密《ひそ》かに蘭を守るためにマネージャーを引き受けた。そのために彼方も呼んだ。俺が囮《おとり》として効果があるなら、上手《うま》く活用するまでだ」

俺は自分の振る舞いを特に疑問には思わなかった。

だが、アイラは違っていた。

「どうして継陽はそうやって他人ばっかり優先するのよ！　そのせいで崖から落ちるのよ！」

激昂《げきこう》するアイラの声がシャワー室に響き渡る。

驚く以上に、聞き逃せない一言があった。

「アイラ。俺が落ちた時のことを、なにか知っているのか⁉」

俺は急いでシャワーブースから飛び出た。

アイラはしまったという表情、さらに目線が一瞬下に落ちると羞恥心《しゅうちしん》で頬を染める。

悲鳴を堪えるように息を呑《の》み、俺から背中を向けた。

「もう、よいではないか？」

彼方がアイラの前に立ちはだかり、進路を塞《ふさ》いでいた。

「自分ひとりで抱えこむのはよせ。おまえの辛そうな顔を見ていると、ぼくも昔を思い出して苦しくなる。いい機会ではないか。もう一年だぞ」

「彼方ちゃん……」

「懺悔《ざんげ》のつもりで髪を切ったくらいでは、罪悪感も軽くはならないんだぞ」

アイラは、諦《あきら》めたように俯《うつむ》いた。

「おまえも、早く服を着ろ。話はそれからだぞ」

俺はまだ全裸だった。

アイラの持ってきてくれた柊ダイビングショップのグッズであるTシャツとハーフパンツに着替えて、受付に出る。

待合いスペースの長椅子《ながいす》に座っているふたり。俺もそこに加わる。

「それでふたりは、なにを知っているんだ？　一年って俺が崖から落ちたことだよな」

「今さら知ってどうなるの？」

アイラの声は固い。

どうしてかこの話題になると、アイラはいつもはぐらかす。

元々あの崖は落下事故の多い現場のため、警察の調べでは夜の虹に夢中で足を踏み外したということになっていた。

俺も額に傷が残るほどの怪我《けが》したせいで、事故前後の記憶はよく覚えていない。

具体的にどのような経緯で落ちたのかはわからない。

ひとつ確かなのは、アイラが落下した俺の第一発見者だということだ。

「素直になれ。あえて黙《もく》すことに決めたのはぼくだ。それに付き合わせて悪かったんだぞ」

彼方はアイラに謝る。

驚天動地の事態だった。あの彼方が誰《だれ》かに頭を下げる姿などはじめて見た。

「彼方。アイラは、落ちた俺を最初に発見しただけじゃないのか？」

もう一度問い直す。

彼方は答えず、ただ視線をアイラに差し向ける。

俯いていたアイラは、歪《ゆが》んでいた唇を強引にこじ開けるようにして話しはじめた。

「……一年前のあの夜、私も崖の上に居合わせていたの」

「アイラも？」

「うん。私と彼方ちゃん、それにオリジナルの継陽とレプリカのツグハルの四人」

「そこでオリジナルの俺は、自分の本音を受け入れるのに失敗したんだな」

当然そうなる。今の自分という存在が既に答えだ。

それでも確認せずにはいられなかった。

どうして俺は、こんな自分になってしまったのか。

だが、アイラは首を横に振った。


「違う。継陽は、ちゃんと自分の本音を乗り越えたの。レプリカを受け入れられた」


「それはおかしい。なら、どうして今の俺の人格がこの肉体を乗っ取っている。オリジナルの人格はどこに行った？　本音を受け入れたなら、消えるのはレプリカの方だ」

俺は混乱する。自分の本音を乗り越え、レプリカを受け入れたなら瀬武継陽の人格は今も変わらずオリジナルのままである。

恵麻《えま》久良羽と同じように、自分のままでいられるはずだ。

アイラはまた苦しそうな表情になりながらも、ついに核心に触れる。

「――私が崖から落ちかけたのよ。それを咄嗟に継陽が手を伸ばしてくれて、助けてくれたの。代わりに私と入れ替わる形で、継陽が落ちたの。あなたが崖に落ちた原因は私のせい」

アイラは懺悔するように打ち明ける。

言葉と一緒に堪えていた涙もこぼれていく。

「私達が崖下に下りたら継陽は頭から血を流し、意識がなかった。救急車を急いで呼んだけど到着までは時間がかかる。どれだけ呼びかけても反応がなくて、あのままでは死んでいたの」

「……そんなに瀕死《ひんし》の大怪我だったのか？」

病室で目を覚ました時、頭を打った拍子に傷ができた以外は特に問題がないと俺は認識していた。

「ぼくがストールに貯めていた虹の力で、おまえの肉体を治療したんだぞ。虹の力は人の心や身体《からだ》に作用する。その影響で髪が銀色に変わってしまった。だが、肉体の傷が癒《い》えても、意識は戻らなかった。――それを救ったのが、今のおまえなんだぞ」

「俺が、救った？」

治ったはずの額の傷が鈍く痛む。

脳を締め上げるような不快感が、忘れていたはずの記憶の断片を浮かび上がらせていく。

バラバラだったものが急激に集まり、モザイク画のようにひとつの絵を成していく。

「俺は――」

消えるはずだったレプリカ。

死にかけていたオリジナル。

転落でダメージを負った肉体《うつわ》は、刻一刻と死に向かっていく。

そして、瀬武継陽が生き残るために選んだ非常手段。


「――レプリカの俺が代わりに肉体に宿ることで、死を回避したんだな」


人格の上書きによる、命の代行。

彼方が頷《うなず》く。

「あぁ。消えかけたレプリカだったが、オリジナルの意識がない状態の肉体を乗っ取ることで生命活動を無理やり維持した。結果的に瀬武継陽という人間は生き残ったんだぞ」

「じゃあ今の俺の人格はレプリカなのか？　それともオリジナルなのか？」

自分に対する実感や確信が持てない。

この曖昧模糊《もこ》とした感覚は去年の夏からずっと消えはしなかった。

「どちらでもあり、どちらでもない。感情が欠けている感覚や記憶が曖昧なのは、レプリカとオリジナルが併存している影響なんだぞ」

「二重人格とは違うよな」

俺は、俺自身の意識をひとつしか認識していない。

寝ている間に、別の誰かに成り代わられているような覚えも痕跡もなかった。

そもそも別人格であれば、夜中にゲームで遊んでいる彼方が把握している。

「分かれているのではなく、精神的にズレているのだ。その統合が上手くいっておらず、互いの人格が中途半端《ちゅうとはんぱ》に干渉し合って、感情や記憶に違和感をもたらしている」

「だから自分が自分でないような感覚がつきまとうわけだ」

文字通り、レプリカが本物の代わりを務めているのが今の瀬武継陽だった。

オリジナルがレプリカという自分の本音をきちんと受け入れれば、その記憶の統合は問題なくおこなわれる。

実際、恵麻久良羽にはなんの問題も起きていない。

「それで、納得するのか？　もっとショックを受けると思っていたんだぞ」

彼方は意外だったらしく、驚いたまま固まっていた。

「彼方こそ、俺を助けるために大切な虹の力をつかってくれてありがとう」

「ぼくのことはいい。助けたおかげで、屋根付きの快適な暮らしができているんだぞ」

「じゃあ虹の力がまた貯まったら、彼方はウチを出ていくのか？」

ふとした疑問を俺は口にする。

彼方のいる生活が当たり前だと思っていたから、その終わりを想像したことはなかった。

「まだ、決めていない。少なくとも、今の暮らしは気に入っているんだぞ」

「俺もだ。彼方にいなくなられるのはさびしいからな」

彼方の曖昧な返事が嬉《うれ》しかった。

「怒らないのか？　おまえの落ちた真相を、ぼくは知ってて黙っていたんだぞ」

虹の女神は不可解だとばかりに、俺の反応を訝《いぶか》しんだ。

「彼方は俺を見捨ててもよかったのに、こうして今も側《そば》に残ってくれた。俺を心配してくれたからだろう。命を救ってくれて逆恨みするほど恩知らずじゃない」

「それは、感情が欠けているだけだ」

彼方は俺の感謝を拒絶する。

「関係ないさ。レプリカはやっぱり俺自身なんだ。そして、レプリカのセブツグハルは生きるために自分で決断した。その責任はどうあれ俺が請け負うことだ」

生きていなければ、こうして話すこともできないのだ。

俺は、俺の決断に後悔はない。

「それで最終的に、俺はどうなるんだ？　このままの人格がズレたまま生きていくのか、それともいつかオリジナルの人格に戻るのか？　あるいは正しく統合されるのか？」

俺の問いかけに、アイラの肩がビクリと震えた。

「おまえはどうなりたいんだぞ？」

「わからない」

俺は即答する。

もし明日、別の自分に切り替わって、今の人格が消えてしまうのなら正直恐《こわ》い。

消えてしまった人格はどうなるのか？

そういう観念的な方向にいくと気持ちが不安定になる気がして、俺はすぐに深く考えることを止《や》めた。

ただ、あやふやだった過去がひとつハッキリして気は楽になる。

オリジナルの俺は自分よりアイラを助けることを優先した結果、崖から落ちた。

非常に自分らしいと不思議と納得してしまう。

「ごめん、継陽。ほんとうのことを言ったら恨まれているんじゃないかって恐くて、ずっと言い出せなかった」

アイラは泣いて謝る。

「ぼくの落ち度でもある。ぼくが間に合っていれば……」

彼方もまた口惜《くや》しそうに呟《つぶや》く。

「とりあえず確かなことがある。アイラに怪我がなくてよかった。アイラを助けられてよかったよ。今も昔も、俺はそう答える」

　ずっと悩んでいた柊アイラに、俺ははっきりと自分の本心を伝える。

　アイラは子どものようにわんわんと号泣した。

「女を泣かせるとは、罪深い男なんだぞ」

　彼方がこちらに近寄ってくる。

「また変なことを言ったのか？」

　つくづく自分の鈍さには困ったものだ。

「今のは褒め言葉だぞ」

　彼方は長椅子の上に立って、俺の銀髪を撫《な》でてきた。

「継陽。……ありがとう。これまでのことも、さっきも」

「こちらこそ、アイラにいつも迷惑をかけてすまない」

「もう継陽には偉そうな態度はとれないかな」

　ようやくアイラがレプリカに関わりたくない理由も納得ができた。

　だからこそ確認しないといけないことがある。

「アイラ。もし俺のことで負担になっているなら遠慮なく距離を置くぞ」

　それはさびしいことだが、彼女を苦しめるくらいなら我慢しよう。俺の顔を見る度に思い出したくもない過去を思い出させるのは心苦しい。

「それ、本気？」

「あぁ」

「継陽のくせに余計な気を回すな。私は、好きであんたの世話を焼いているの。これまでも、これからもね！」

アイラはやっと笑顔を浮かべる。

きっと世界は、誰《だれ》かが我慢することで辛《かろ》うじて仮初《かりそめ》の平穏を保っているのだろう。

救われたアイラだけが、その罪悪感を抱えて一年間を過ごしていた。

その場に居合わせていながら救えなかった彼方の悔恨。

助けた俺自身も知らなかった自己犠牲。


――みんな、自分の代わりに誰かが傷つくことに耐えがたい心の痛みを感じる。


きっと蘭も、同じように傷ついているのだろう。

自分を守ったせいで、恵麻久良羽というアイドルは表舞台から消えた。

俺は蘭の笑顔の下に隠している本音について、思いを馳《は》せる。

「え、アイラちゃん。目が真《ま》っ赤《か》じゃん！」

ロケバスの前まで戻ってきた俺《おれ》達を見て、蘭《らん》が目を丸くする。

「なんかお昼も食べに来ないで遅いなーと思ったら継陽《つぐはる》、なにしたの？　まさかシャワー室でアダルティーなことをしていたとか？」

「してません」

俺は真顔で否定する。

「おまえが全裸でシャワー室から飛び出してきたんだぞ」と彼方《かなた》がチクる。

「つ、継陽くんッ⁉」

同じく先に待っていた悠帆《ゆうほ》も引きつった声を上げた。

「ただの事故だぞ。心配するな」

鼻歌交じりに機嫌のいい彼方はぴょんと軽《かろ》やかにロケバスへ乗りこむ。

俺も後に続くが、アイラだけはその場に残った。

「乗らないのか？」

「こんな状態で一緒にいられるわけないでしょう。バカ」

「やっと、いつもの調子が出てきたな」

「ほら、行った。午後もきちんとマネージャーしなさいよ」

しっしっとアイラは手を払う。いつものような手厳しさはもう感じられなかった。

□■□■

午後の撮影場所は、虹城《こうじょう》神社。

急な石段を上り、狛犬《こまいぬ》ならぬ狛兎《こまうさぎ》に出迎えられて境内に辿《たど》り着く。

「おいおいッ、なんで継ちゃんばかりビヨアイと縁があるんだよ！」

海を望む高台に位置する歴史ある神聖な神社に、張り裂けんばかりの叫び声が響き渡る。

声の主は、荒城錬太郎《こうじょうれんたろう》。

彼もまた俺のクラスメイトで、この虹城神社の後継ぎである。

いつになくめかしこんだ格好で、撮影チームを出迎えたところ、ロケバスから降りてきた俺の姿を見て絶叫したのであった。

「立石《たていし》蘭のマネージャーをやれるなんて羨《うらや》ましいにも程があるぞッ！　今すぐ変われよッ！」

事の次第を説明すると錬太郎は石畳の上で膝《ひざ》をついてむせび泣く。

「継陽の友達、面白《おもしろ》いね」

蘭は錬太郎のオーバーリアクションを笑っていた。

「しかも呼び捨て。仲良しかよぉ〜〜」

「ちなみに午前中は、海で水着の撮影でした」と蘭が追い討《う》ちをかける。

「畜生ぉ〜〜、俺もアイドルの生水着を見たかったぁーーッ!!!!!!」

血の涙を流しそうな思春期男子の悲痛な絶叫が、夏の空を衝かんばかりに木霊《こだま》する。

「まぁ継陽はデビュー当時からイベントに通ってくれてたからね。特別」

錬太郎の反応を面白がって、蘭は明らかにリップサービスしている。

「ちょ、継ちゃん。アイドルに興味ないフリしてガッツリ推し活してんじゃん！　これだから東京っ子はッ！　俺も早く東京で大学生活を謳歌《おうか》するぞ！」

「錬太郎は卒業したら東京に出るのか？」

「あ？　そりゃ、俺はうちの神社を継ぐから、東京の神道系の大学に進むんだよ。大学を卒業までの期限付きの東京生活だな。俺に上に兄貴でもいれば丸投げできるのに、ひとりっ子の悲しい定めだな」

「そういうものなのか？」

俺は一年ほど夜虹島《やこうじま》で暮らして、特に不満や不足を感じたことがなかった。

「旅行で来るから島は楽しいのであって、一生だと刺激が足りないに決まってんじゃん。アイドルのライブだって東京ならすぐだろう。立地的なアドバンテージって超デカいんだぞ」

錬太郎は切々と訴えた。

「あたしも山奥の田舎《いなか》育ちだから東京への憧《あこが》れってわかるなぁ。なんかキラキラして見えるんだよね。ただいざ住むと、人は多くて自然は少なくて空気も悪いし、キラキラはあっという間に消えちゃうけど」

蘭はうんうんと頷《うなず》く。

そんな風に立ち話をしていると、蘭はスタイリストから着替えに呼ばれる。

先に現場に入っていた撮影チームの皆さんは準備を進めていた。

「継陽。マネージャーだからって覗《のぞ》いちゃダメだからね」

「しません」

「もう水着見たもんね」

「これ以上を求めたらバチが当たりそうだ」

「フフ。じゃあ、また後で」と蘭は会話の輪から抜けていった。

「前世でどんな徳を積めば、恵麻《えま》ちゃんだけでなく立石蘭とまで仲良くなれるんだよ」

錬太郎は渋い顔で、こちらを見ていた。

「別に仲良くはないぞ」

「あれは世間一般では、仲良しって言うんだよ」

「錬太郎ともふつうに話をしていた」

「立石蘭が話し上手なだけ！　その証拠に、俺への、フラグを、まったく、感じないッ！」

「これはあくまで仕事だ」

「ビジネスライクかッ！　継ちゃんのその国宝級の鈍さもうちょいどうにかなれば、恋人だってすぐに作れるのにもったいない」

「俺に恋愛は向いてない」

「あーあー何人か聞いたら泣きそうな酷《ひど》い台詞《せりふ》」

錬太郎はよくわからないことを言う。

「ししょー、顔が暗いんだぞ。虫でも探しているのか？」

「あぁ、彼方ちゃん。いやさ、厳しい現実に思わず泣きそうになってさ」

彼方にゲームの趣味を教えこんだのは錬太郎である。

我が家に遊びに来た際、兄貴が買ったもののすぐ飽きて放置されていたゲーム機をセットアップしたところ彼方がドハマり。以来、錬太郎を師匠と慕って、色んなゲームソフトの貸し借りやオンラインでの協力プレイなど一緒に遊んでいる。

彼方の口が急速に悪くなったのは、このゲームでのチャットの悪影響が大きい。

俺も何度か付き合って遊んでみたが、絶望的に操作が下手ですぐに頼られなくなった。

「錬太郎くん、厳しい現実ってなに？」と悠帆も無邪気に訊《き》いてくる。

「モテるやつほど、がっつかないんだなぁって話。マジで性欲とかちゃんとあるのかよ？」

悠帆が幼なじみだからと、非常に雑な答え方をしていた。

「肉体は健康だ」

「真面目《まじめ》か！」

錬太郎から同情するような視線を送られる。

「安心するんだぞ。朝には、ちゃんと立派なものが元気に立っている」

彼方が含み笑いを浮かべて答えると、悠帆は急に頬《ほお》を赤らめて目を逸《そ》らす。

そうして撮影準備の邪魔にならないように俺達は端の方で固まりながら、しばし立ち話をしていた。

「蘭さん、入られます」

スタッフさんの声に振り返ると、着替えた立石蘭がやって来る。

昨日のサマーモンタージュ・カフェでのエネルギッシュな衣装とは正反対に、とても落ち着いた清楚《せいそ》な服だった。

ロングスカートにノースリーブの爽《さわ》やかな白いワンピース。手元にはレースの手袋。足元はヒールの低いサンダル。

古い日本映画のヒロインに出てきそうな清純な装い。小道具に日傘も用意されている。

蘭の大人っぽさを浮かび上がらせる涼しげな服装に、誰もが魅入ってしまうだろう。

が、俺だけは脂汗が浮かぶ。

「…………うっ」

立石蘭に傘という組み合わせに、俺は思わず唸《うな》る。

先ほど砂浜で重たいパラソルを槍投《やりな》げのように投擲されて危うく死にかけたばかり。

身体《からだ》が勝手に身構えてしまう。

「どう、似合う？　こういうのに慣れていないから恥ずかしくて」

蘭はその場で回ると、スカートが大きく広がる。

「ブラボー！　国宝級の美しさ！　避暑地のお嬢様感ッ！」

錬太郎は手放しで褒めたたえる。

「蘭ちゃん、素敵です！　すごく新鮮で魅力的です！」

悠帆は同じ女の子として憧れの眼差《まなざ》しを向けていた。

「よく似合っている」と俺は辛《かろ》うじて感想を述べる。

「継陽？　なんかぎこちないよ」

「俺はいつも、こんな感じだ」

珍しく自分の鈍さを開き直って、押し通した。

石畳の神聖な境内で、白い花が咲く。

蘭がポーズを変える度に長いスカートがふわりと広がり、シャッター音が刻まれる。

午後になっても降《ふ》り注《そそ》ぐ真夏の強い日差《ひざ》し。

青々と茂った樹々が作りだす光と影のコントラストの中、涼しげな夏の雰囲気が漂う。

蘭はここでも、いくつもの表情を見せる。

楽しく、悲しく、怒って、笑って、切なく、儚《はかな》く、蠱惑《こわく》的に――エトセトラ。

視線の先の恋しい相手がいるみたいに時に呼びかけ、笑い合い、あるいは誘うにように多彩な表情を流れるように変えていく。

彼女の引き出しの多さには、ただ驚かされてしまう。

同じ衣装アリでも、昨日のサマーモンタージュ・カフェでの撮影はアイドルらしさを想起させる、わかりやすい明るさがあった。

だけど今はもっと淡いグラデーションのような繊細なニュアンスを表現する。

神社という落ち着いた場所のせいもあるのだろうが、それにしても蘭の変幻自在ぶりには狐《きつね》につままれたような気分になる。

午前中とは打って変わった、大人っぽい一面。

――女の子とはこんなにも別人になれるものなのか。

「うちの神社がなんか素敵なデートスポットに見えるぜ」

錬太郎は、昨日の俺と同じような感想を述べる。

「蘭ちゃん、絶対に女優さんでも上手《うま》くいくよね」

悠帆の言葉に俺も相槌《あいづち》を打つ。

「あれだけ小器用だと、自分を誤魔化《ごまか》すのも上手すぎて大変だろうに」

彼方はどこか冷めた顔で蘭を眺めていた。

□■□■

午後の撮影も日が暮れる前には終わった。

蘭と撮影チームの息の合った連携により、予定よりもスムーズに進んだ。

「ねぇ、せっかくだから神社の案内をしてよ」

余った時間を蘭の一声で、神社内を見て回ることにした。

次期神主である錬太郎が先頭に立って、神社の来歴を解説していく。

「この虹城神社が祀《まつ》っているのは、夜の虹の女神様です。港に併設された観光センターには立ち寄られましたか？　そこにはうちの神社で所蔵されていた虹の女神様の悲恋を描いた絵巻も展示されているんです」

「ううん。ホテルに直行したから見てないや」

「では、軽く説明しましょう！」

むしろ錬太郎は待っていましたとばかりに口を開く。

「あ、あたし、悲しいお話は苦手なんだよね。別れって切ないじゃん」

蘭はやんわりと断る。

「いやいや、天に帰った虹の女神様に託された使いのうさぎの話は感涙ものなんだぞ。一聴の価値アリ。ぼくは絶対に聞いておくべきだと思うぞ。な、ししょー」

助け舟を出したのはまさかの彼方であった。

なぜ使いのうさぎのエピソードだけを、やたら一押しするのか？

「そうです！　なにを隠そう、この神社の建立には、その女神と恋仲だった男も携わっているのですから！」

さらりと錬太郎がとんでもないことを口走る。

「「なに⁉」」

驚いたのは俺と彼方だった。

「錬太郎、初耳だ」

「なんだ知らないのかよ？」と錬太郎は当然のように答える。

俺達が頷くと、錬太郎は深いため息をつく。

「嘆かわしいなぁ、現代っ子どもめ。地元の氏神様くらい知っておけよ。これだから年末年始と祭りの時しか人が集まらないんだよ。高めろ地元愛、廃れるな信仰心」

錬太郎は普段ヤル気のなさそうな口振りだが、しっかりと後継ぎらしい悩みを持っていた。家業の将来をきちんと意識している友人は意外と大人なのかもしれない。

「ししょーは、あの男の子孫だったのか？」

彼方は神妙な面持ちで、錬太郎を見上げる。

「いやいや、彼方ちゃん。あの絵巻に出てくる男は、女神への想《おも》いを一途に貫いて亡くなるまで独り身だったそうだ」

「錬太郎。どうして断言できる？」

「そりゃ神主だった俺のご先祖様が、行く当てのないその男を世話してやってたからだろう。当時の日記や家系図だってきっちり残っている。よって、俺のご先祖じゃない」

「昔の出来事が今も語り継がれているのはすごいな」

自分の一年前の記憶さえ曖昧《あいまい》な俺は、感動さえ覚えた。

たとえ本人がいなくなっても、誰かのおかげで受け継がれていく。

それはとても尊いことに思えた。

「なんか、ちょっと興味が出たかも。聞かせてよ」

蘭の顔つきも変わった。

「時は江戸時代、流刑地とされたこの島に無実の罪で捕まったひとりの男が流されてきました。毎夜、帰れぬ故郷を想い続ける男。哀れに思った虹の女神様は男の頭上に虹を降らせました」

「虹に、降られる……」

外から来た蘭は、聞き慣れない表現に首を傾《かし》げる。

「夜虹島では、夜の虹が有名でしょう？　その虹が自分に降ってくると、悩みが綺麗《きれい》に消えてなくなるって伝承があるんです。ほら、今だって観光客の皆さんが島の綺麗な虹を見て、気分をリフレッシュするみたいな感じですよ」

「錬太郎くん、ザックリしすぎ」と悠帆は苦笑していた。

「虹に降られた男は別人のように変わり、気分もハッピーに虹の女神様とラブラブな日々を送りました」

「そんなに表現を変えていいのか？」と俺も思わず口を挟む。

絵巻に描かれた物語から表現を変えすぎではないか。

「原点に忠実であるのはもちろん正しいが、俺は今風に聞きやすく表現を変えるのも大事だと思っている。古文の授業なんて最たるもんだろう。文法だの原文を読み解くだけだと知識がないとしんどいけど、純粋に物語の内容を楽しむのは面白いじゃんか」

錬太郎の言うことには一理ある。

ご新規向けに間口を広げることは、裾野《すその》を広げる上でも大切だ。

翻《ひるがえ》って、俺が観光センターでの久良羽《くらう》に対する説明は、教科書を読み上げてわずかな解説を添えた程度の、あまりにも拙《つたな》いものに思えた。

こうした錬太郎の柔軟性を、俺はとても尊敬する。

「わかるぅ〜〜。あたし、古文の授業でいつも眠気を堪えるのに必死だった」

聞き手である蘭が同意を得た以上、そのままのスタイルで錬太郎の解説は続く。

「悲しいことにラブラブな日々は長く続かなかった。男の冤罪《えんざい》がわかると、男は島から連れ出されてしまう。愛する人と離れ離れになった悲しみに耐え切れなかった虹の女神様は使いのうさぎに手紙を託すと、ひとり天へ帰ってしまった。だが、男は愛ゆえに再び島へ帰り、彼女の残した手紙を読んで、その想いを知ったのです。男は死ぬまで島に残り、虹の女神様への想いを絶やすことはありませんでしたとさ。めでたしめでたし」

錬太郎の朗々とした語り口に聞き入ってしまった。

「切ないけどロマンチック。女神様への恋心を死ぬまで守ったなんて素敵。結ばれなくても、一生を捧《ささ》げる恋は昔からあるんだね」

蘭は深く共感している様子だった。

「なんだかアイドルとファンの関係みたいですね」

悠帆が相槌を打ち、蘭だけでなく俺や錬太郎も納得した。

言われてみれば、虹の女神と男の関係性は確かに似ている。

手の届かない美女と男の格差恋愛。

結ばれていないから悲恋と呼ばれるが、両者の気持ちが通じ合っていたのは絵巻を読む限り間違いない。

「俺のご先祖様も女神様へのガチ恋エピソードに感動して、思わず絵巻にしちゃったんでしょうね」

悠帆の感想に錬太郎がすかさず合わせた。さすが幼なじみ。

「神主グッジョブ！」

蘭がさらに乗っかる。

「ライブのレポートとか大事だからね！　参加できなかった人には現場の空気を知ることができる貴重な情報源だもの」

「うんうん。あたし達もライブの感想とかエゴサしてチェックしているからね」

すっかり虹の女神様＝アイドルという図式で楽しく会話が進んでいた。

「というわけで、うちの神社の参拝者アップのためにも、立石さんにはぜひ宣伝をお願いしたいところです。ここが立石蘭ファン、ビヨアイファンの聖地になれば最高っすね」

錬太郎は、そうして蘭に再び振る。

「任せて。けど神社のエピソードトークをするなら、もっとわかりやすいスポットとかある？」

「じゃあ上にある、奥の院まで見学します？　ここより、海の眺めがさらに綺麗ですよ」

錬太郎は待ってましたとばかりに、さらに提案する。

「いいね。じゃあ、レッツゴー！」

広い境内のさらに奥へ進み、参道を上がっていく。

「ししょー、使いのうさぎの話もするんだぞ！」

「え？　そこはカットでいいでしょう」

錬太郎は面倒くさがっていた。

おそらく、蘭が悲しい話は苦手と言ったから意図的に端折ったのだろう。

「むしろメインだ！　使いのうさぎを軽んじるとは不敬な！　祟《たた》りが起きるんだぞ。というか、ぼくが一晩中ししょーの脛を蹴《け》り続ける」

「嫌な拷問だなぁ。えーっと、女神との別れ際に手紙を託されたうさぎは本土に戻った男に会いに行こうとする。しかし、うさぎは海を渡れず死んじゃった。あー悲しい」

「もう、ししょーとは二度と呼ばないんだぞ」

彼方はご立腹だった。

代わりに、俺が説明を引き継ぐ。

「蘭、よければ俺が話してもいいか？」

「わたしもぜひ聞いてほしいです。実はわたしも、使いのうさぎの話は好きなんです」

悠帆も同調する。

「ふたりがオススメするなら、聞こうかな」

俺も錬太郎を見習って、自分なりの解釈を加えてみた。

「その後、また島に帰ってきた男は、うさぎの亡骸《なきがら》を見つけたんです。首に巻かれていた女神の手紙を読めたということは、使いのうさぎはきちんと役目を果たしたんだ。一生懸命がんばってくれたうさぎのために男は墓をつくった。結ばれるだけが愛じゃない。別れたから悲恋とは限らない。たとえずっと側《そば》にいられなくても、想いだけは残る。だから、男は残りの人生も悔いなく過ごせた。俺は、そう思う」

「愛の奇跡だね」『うさぎさんも、よくがんばったね」

「そして、この神社に残って虹の女神の伝承を現代まで語り継いだ、と」

蘭と悠帆の感想に、錬太郎が上手に締める。

やはり俺の友人は立派な後継ぎだと思う。

「いいことを言ったんだぞ。褒めてやる」と彼方は上機嫌にぴょんぴょんと石段を上っていく。


奥の院に進むのはちょっとした登山だ。

山の樹々を切り拓いて作られた緑のトンネルのような参道は短いが傾斜が急だった。

上がるにつれて神聖な空気が増していくように感じられた。

やっと頂上に着いて背後を振り返れば、茜色《あかねいろ》に染まる海を望む美しい景色が広がっている。

「わぁー綺麗な眺め」

「いつ来ても、ここの夕陽《ゆうひ》はすごいなぁ」

蘭と悠帆はふたりで並んで、しばし夕陽に見惚《みほ》れていた。

「せっかくだから久良羽も来ればよかったのに」

蘭は何気なく呟《つぶや》く。

「久良羽なら俺が前に連れてきたぞ」

以前、我が家で彼方と引き合わせた後に散歩がてら神社まで足を運んだ。この奥の院までは来なかったが、神社から眺める夕陽をふたりで見た。

「え、継陽。それってデート?」

「俺の悩みを聞いてもらっただけだ」

「青春っぽいな」

「悩みだぞ。別に楽しくはない」

「さっきの使いのうさぎちゃんの話じゃないけど、自分の気持ちが相手に正しく届くとは限らないからね。本人の側にいて、話せるって距離感は大切なんだよ。話の中身はなんだっていいの。そういうの、人生の一時だけなんだから」

蘭はどこかさびしそうな顔で、そう忠告した。

奥の院の前は広場のようになっており、風がよく通る。

周囲を囲む樹々は枝葉をさわさわと揺らす。

歴史のある神社だけに幹の太い樹がたくさん生えている。空を掴《つか》むように伸びた枝に生い茂る葉が折り重なって、広場の外縁に大きな影を落とす。

その日陰という闇《やみ》の中に——レプリカが立っていた。

スポットライトを拒絶するような暗く陰鬱《いんうつ》な佇《たたず》まい。

神社という和風の空間に不釣り合いなアイドル衣装。

一日に二度も登場したタテイシランのレプリカに、俺も、彼方でさえも虚を衝かれた。

「あれって、あたしの衣装。それに顔も……昨夜も見たような」

実際にレプリカを直視して、蘭はうすら寒そうに自らの肩を抱く。

「錬太郎、悠帆。今すぐ蘭を連れて社務所に戻れ！」

俺はすぐに促す。

「ちょっと継陽、いきなりどうしたの？」

「え、継ちゃん。なんか恵麻ちゃんの時もこんなことなかったっけ？」

「いいから！」

「蘭ちゃん。こっちです！」と悠帆が蘭の手を取り、駆け出した。錬太郎も後に続く。

残された俺と彼方は、身動き一つとらないレプリカと対峙《たいじ》する。

「オリジナルを追いかけないなんて、変わったレプリカだな」

狙《ねら》いはやはり俺なのだろうか？

「やれやれ、女神を前に逃げないとはいい度胸をしているんだぞ」

レプリカのランが他とは異質であろうとも、俺の横に立つ彼方は余裕を崩さない。

そう、彼方がいる限り、ここでおしまいだ。

オリジナルの蘭が島外に脱出する必要も、自分との葛藤《かっとう》の末に本音を受け入れるまでもない。

虹の女神という特権的な存在によって、レプリカは消去される。

これまで、ずっとそうだった。

俺もそれを信じて疑わない。

レプリカのランはあくまでも棒立ちのまま佇むだけ。

ただし、そのふたつの眼はじっと俺のことを見つめてくる。

表情変化や感情表現がないと、これほど不気味なのかと思った。

なにを考えているか、さっぱり読み取れない。

同時に、明らかに今までのレプリカと異なることが興味も引いた。

——もしかして俺がレプリカの時もこんな風だったのではないか？

どう考えても俺というレプリカがお喋《しゃべ》りだったとは考えにくい。

俺は一歩だけ前に踏み出す。

「ナンパをするならオリジナルにすればよかろうに」と彼方は好きにしろという空気を出す。

「彼方、少しあのレプリカと話させてくれ」

「君の目的はなんだ？　レプリカならオリジナルの肉体を欲しがるんじゃないか？」

レプリカのランは答えない。

呼びかけに一切《いっさい》の反応はない。こちらの質問さえ聞こえているかも怪しかった。

「君はずいぶんと無口なんだな。なにか黙りこんでいる理由でもあるのか？　それともわざと隠しているのか？」

本音がハッキリしているのは、ある種の魅力だ。

それは誰しもが言えない本音や欲望を秘めているからこそ、それを表に出して振る舞えることに憧れを覚える。

正直すぎて嫌われるかもしれない。恥ずかしいから黙っておこう。

そうした多くの打算や抑制をしながら人間は生きている。

多くの少女がアイドルに憧れるのは、素敵な衣装を着て眩《まぶ》しいステージに立つことで大勢の人に愛されることを許された仕事だからだろう。

むしろビジネス的には、人気が出ることこそが至上命題とされている。

だが、レプリカのランには自分自身がアイドルであることになんら魅力も執着を感じていないように見えた。ただ、格好だけで中身は虚《うつ》ろ。

同じくアイドル衣装を纏《まと》っていたレプリカのクラウとは対照的だ。

彼女は心身ともに理想のアイドルそのものだった。

「蘭は、アイドルを辞めたいのか……」

半信半疑ながら、レプリカのランに訊《たず》ねてみた。

その唇は動かない。

「おまえ、いつまで人形相手にひとり喋りを続けるつもりなんだ？」

焦《じ》れた彼方が急《せ》かす。

確かに、俺がやっているのは本物そっくりなマネキン人形に話しかけるようなものだ。滑稽《こっけい》に見えるのだろう。

「もう少しで、なにか摑めそうな気がする」

それは俺自身の直感だった。

レプリカが目的の達成を優先するなら、俺の問いかけに付き合う必要はない。

無視して自分の都合のままに行動するはずだ。

かと言って、俺との対話に応じる気配はない。

「どうすれば少しは口を利《き》いてくれるか？」

声が聞こえていないのかと、俺が近づこうとして――

「おまえはバカかッ！」

彼方お得意の幼女キックが横から飛んでくる。

相変わらずの威力。容赦のない蹴りに俺の身体はくの字に曲がり、一瞬息が止まりかけた。

「彼方、痛いぞ」

「どうして無謀なことばかりする」

「物は試しというだろう」

「さっき拾った命を自分から捨てようとするな、愚か者め！」

「レプリカが現れた以上、蘭には悩みがあるんだ。そのまま放置していいのか？」

「昔の自分が好いたアイドルだからと肩入れしすぎるな」

彼方は責めるように、こちらを見据える。

「そんなんじゃない。ただ、あまりにも久良羽の時とは状況が違うから……」

「おまえは放っておくと平気で無茶をするから信用できないんだぞ」

彼方の剣幕がいつもと違う。

怒りをぶつけるのではなく、どこか申し訳なさそうな表情をしていた。

それは幼い子どもの顔に浮かぶと、見ているこちらの方が胸にくる。

「すまない、彼方」

「よい。ここでぼくが終わらせて、おしまいだ」

彼方に質問を打ち切られ、俺は諦《あきら》めるように本音を漏《も》らす。

「――レプリカのクラウはずいぶんとわかりやすかったんだな」

変化は唐突だった。

レプリカのランは久良羽の名前を出した途端、駆け出してきた。

肉体を持たない影は、人間離れしたスピードを発揮する。

彼方のことは目もくれず、俺だけをひたすら見据えた。

「ぼくを無視するとは不敬だぞ！」

彼方は首に巻いたストールを手に持ち、鞭《むち》のように構えた。

近づいてくるレプリカを迎え撃つように、彼方は迷わずストールをレプリカに振った。

ストールは虹色の輝きを強め、鋭い一閃《いっせん》。

レプリカのランは止まらない。

交錯は、一瞬だった。

夏の陽光さえ跳ね返すような激しい閃光《せんこう》。

夕刻に咲いた虹色の輝きが残光となって散っていく。

なにが起きたのか理解できない。

誰もが言葉を発さなかった。

レプリカのランは、彼方の頭上で弧を描くようにアクロバティックな回避をしてみせる。

新体操選手も驚きの動きだ。

俺も、そこまでは辛うじて目で追うことができた。

問題はその後だ。

相変わらずレプリカのランは沈黙を守る。

だが、俺達の背後に着地したその手には——彼方のストールが握られていた。

「奪ったのか。空中にいた、あの一瞬で⁉」

俺はやっとのことで声を漏らす。

その事実を裏づけるように、一瞬の綱引きで力負けした彼方が地面に倒れていた。

「彼方、大丈夫か！　しっかりしろ！」

俺は彼方の背中を支えて、呼びかける。

彼方はショックで呆然《ぼうぜん》としており、自分の空っぽの手とレプリカのランが握るストールを何度も見返していた。

レプリカのランは、奪ったストールを追加のステージ衣装であるかのように両腕に絡《から》ませる。

さながら女神が羽衣を纏うような着方で、海浜公園にある虹の女神像を思い出させた。

不思議なことに妙に似合っており、俺はわずかに目を奪われてしまう。

「待て、この虹ドロボウ！　ぼくのストールを返せ！」

我に返った彼方が大声で叫ぶ。

レプリカのランは無表情のまま踵《きびす》を返す。

用は済んだとばかりにストールを纏ったまま、どこかへ消えてしまった。

「ストールを盗んだ、レプリカが？」

一体なぜ？

意味がわからない。

ただ、俺以上に慌てていたのが彼方だった。

「盗られた、ぼくのストール、女神様から託されたもの、なのに――」

切れ切れに泣く彼方は、言葉の途中でまるで糸が切れたように俺の腕から滑り落ちていく。

「彼方？」

呼んでも返事がない。

彼方はぐったりとしたまま俺の腕の中で動かなかった。

第七話 ▶◁ 彼方の正体

倒れた彼方は急激に調子が悪くなっていく。

あんなに元気だった彼方がストールを奪われた途端、ひとりで立つことすらできなくなっていた。高熱にうなされるように苦しそうな彼方を、俺《おれ》は背負って参道を下りていく。

下で待っていた悠帆《ゆうほ》達も、俺の血相を変えた様子に驚いていた。

「継陽《つぐはる》の家までロケバスで送るよ。今日の撮影は終わったし、このまま帰りな」

ホテルまでの帰り道ということもあり、俺は蘭《らん》の言葉に甘えることにした。

錬太郎《れんたろう》に見送られて虹城《こうじょう》神社を出発したロケバスは、すぐに俺の家に到着する。

悠帆も一緒に下りて、彼方を背負って一足先に家の中に入っていく。

「蘭、最後の最後に騒がせてしまってすみません」

俺も向かう前に、蘭に頭を下げる。

「いい写真を撮れたって周りのプロがＯＫ出したんだよ。継陽はちゃんとマネージャーとして仕事をしたし、あたしも文句や不満はないよ。気にしないで。塔子《とうこ》ちゃんには、あたしの方から上手《うま》く言っておくから」

蘭は名残惜《なごりお》しそうにこちらを見つめる。

「……継陽にまた会えてよかったよ、ほんとうに」

「俺も同じ気持ちだ。これからも、ずっと立石《たていし》蘭を応援する」

「また皆みたいにイベントで会えたらいいんだけど、この島からだと難しいよね」

「ファンが大勢いるから、俺なんか見つけられないだろう」

「見つけるよ。君は、特別なファンだったから」

こんな中途半端《ちゅうとはんぱ》な別れでもリップサービスを欠かさないなんて、蘭はどこまでもアイドルだった。

「最後にひとつだけお願いがある」

「ん、なに？」

「今夜は絶対にひとりで出歩かないでくれ。久良羽《くらう》もわかってくれると思うので食事が終わったら、部屋で大人しく休んでください。外出はなしで」

「最後の最後までマネージャーっぽいこと言うなぁ」

蘭は困ったような、少しだけ切なそうに笑った。


彼方は、俺の部屋のベッドに寝かせた。

どんな看病をしていいかわからず、熱があるから額に冷やしたタオルを乗せる。

彼方は息も荒く、苦しそうな表情をしていた。

食欲もなく、思い出したように水を時折飲むくらい。

焦《あせ》るばかりで時間だけが過ぎ、気づけば窓の外もすっかり暗くなっていた。

「継陽くんも少しなにか食べた方がいいよ。お昼も抜いていたでしょう?」

「俺は大丈夫だ。腹も空いていない」

空腹は感じられず、食事をとる気も起きなかった。

今はただ彼方の体調が一刻も早く治ることを祈る。

不安げな悠帆は温くなったタオルを冷やしたものに何度も取り換える。

お姉さんが看護師ということもあり、悠帆に看病の心得が多少なりともあるのはほんとうにありがたかった。

俺ひとりだったら、きっと見当違いな真似《まね》をしていたかもしれない。

「ねぇ、熱が下がりそうもないし、お医者さんに連れて行った方がいいと思うよ?」

見かねた悠帆がそう提案する。

「あぁ。それしかないか」

果たして彼方に人間の治療は効果があるのかわからない。

だが安静にしていても好転しないなら、人間の診断や薬に望みを賭《か》けるしかない。

このままなにもできず、見守ることしかできないのは辛《つら》すぎる。

「彼方、悪いが病院に連れていくぞ」

俺が呼びかけると、彼方は薄目を開いた。

「もう、時間切れ、だ。必要、ない」

俺の顔を見て、安心した表情を一瞬だけ浮かべる。

すべてを諦《あきら》めたような力ない声で切れ切れに告げると、再び目を閉じた。

「彼方⁉」「彼方ちゃん！」

俺達が名前を呼んでも、反応しない。

肩に触れると身体《からだ》は燃えるように熱く、なのに汗はひとつもかいていない。

このまま高熱で真《ま》っ白《しろ》く燃え尽きてしまうのではと錯覚する。

「わたしが救急車を呼ぶから、継陽くんは声をかけ続けて！」

悠帆が慌ててスマホを取り出し、俺は彼方の片手を握りながら名前を叫ぶ。

意識がなくなる状態を眺めるのは、こんなにも恐《こわ》いことなのか。

いつも元気で偉そうに振る舞い、好き放題にわがままばかり。

でも、いざという時に頼りになる虹乃《にじの》彼方。

「ダメだ、ダメだ！　彼方、目を覚ませ！　しっかりしろ！」

俺は耳元で必死に呼びかける。

「目を覚ませ！　こんな別れ方は嫌だ！　勝手にいくな！」

頭によぎった死のイメージが、引き金となる。

彼方と過ごしたこの一年の記憶が溢《あふ》れ出し、それが反転した。

恐い。悲しい。辛い。苦しい。

久しく感じたことのなかった無数の感情に、俺の心は激しく揺さぶられる。

自分の中で大きな地震に見舞われたような感覚だった。地滑りが起こり、上に積み上げていたあらゆるものが総崩れとなりながら、意識という名の地図が書き換わっていく。

大きな声で何度も名前を呼びかけるうちに頭が痛くなる。

酸欠なのか、違う原因なのかさえわからない。

——やめろ、また俺から奪わないでくれ。

そう叫んだのは、俺の喉《のど》ではなかった。

だが、その声は確かに俺の内側で聞こえてきた。

こんな状況で、俺の感情を代弁するのは誰《だれ》の声だ？

一瞬の疑問が空白のような沈黙をもたらす。

すると、彼方の身体が突然光り出す。

頭のてっぺんからつま先に到《いた》るまで、全身くまなく光っていた。

彼方の七色に輝くような髪は文字通り猛烈な光を部屋中に解き放つ。

網膜に焼きついた光には確かに見覚えがあった。

レプリカのエマクラウが最後に姿を消した時も同じような光を放っていた。

だが、光の眩《まぶ》しさは今回の方が桁違《けたちが》いに強力だった。

あまりの眩しさに腕で目元を隠し、それでも目を瞑《つむ》ってしまう。

「彼方ッ！」

「ねぇ継陽くん、なにが起きているの⁉」

「わからない！」

そして、握っていたはずの彼方の小さな手の感触が煙のように消える。

「彼方？　どこだ！　どこに行った⁉」

空になった手でベッドの上を闇雲《やみくも》に探す。だがシーツの感触しかなく、彼方の身体が見つからない。

「どうしたの⁉」と見えない悠帆も声で俺の異変を察していた。

「いないんだ！　彼方が消えてしまった！」

自分でも驚くほど狼狽《ろうばい》した声が出た。

部屋中を照らし上げる強烈な七色の光は限界に達して、急激に収まっていく。

ベッドの中心には、光源と思われる丸い球体が光る。

その光が完全に消えると、まったく別のものが姿を現わす。


「「うさぎ？・？・」」


俺と悠帆は声を揃《そろ》えて驚いた。

一羽の小さなうさぎがベッドの上にちょこんと乗っかっていた。

特徴的な長い耳、つぶらな瞳《ひとみ》、愛らしいY字の鼻と小さな口、モフモフの白い毛並みの身体に四つ足で意外なほど力強く床を踏みしめる。そしてピコピコと動く短い尻尾《しっぽ》。

全体的にかわいい。かわいいの塊である。

誰がどう見ても完全にうさぎだった。

「む。しまった、やはり昔の姿に戻ってしまったか」

うさぎは、人の言葉を当たり前のように話した。

「うさぎさんが、喋《しゃべ》った⁉」

「彼方はうさぎなのか？・？・」

「ぼくは虹の女神だぞ！」

ぴょんと跳び上がって、彼方はモフモフの脚で俺の顔を見事に蹴《け》ってくる。

この蹴られた感触には確かに覚えがあった。

彼方お得意の幼女キックそのものだ。

空中でミサイルのように突撃してきて、そのままくるりとベッドへ華麗に着地する。

「ほんとうに、彼方だ」

「蹴られた感触で判断できるんだ」と悠帆は不思議そうだった。

彼方は小さな子どもの姿から、小さなうさぎになっていた。

「まったく、この愛くるしい身体は少々威厳に欠けるんだぞ」

後ろ脚で立ち上がって、こちらを見上げる姿は完全に生きたぬいぐるみだった。

あるいは世界的に有名な絵本のうさぎそのままの雰囲気だ。

「ねぇねぇ写真撮ってもいい。かわいすぎるよ」

悠帆はスマホを構えて、彼方に訊《たず》ねる。

「悠帆。写真を撮っても、写っているのはほぼうさぎだろう」

「かわいいものは保存しておきたいのが女の子なんだよ」

「残念ながら撮影ＮＧなんだぞ。ぼくの身体は神聖なものだ」

彼方は短い前脚を下で交差して、×をつくる。

その一挙手一投足がかわいらしくて、いまいち話が頭に入ってこない。

「うぅ、素敵なものほど撮影ＮＧ。まるでアイドルみたい」

「まるでリアルレイラちゃんだな」

「観光用のマスコットと一緒にするな！　ぼくは正真正銘、女神様の御使いなんだぞ！」

彼方は不満そうに足をダンと鳴らす。

「ほんとうの正体が、うさぎなのか」

ここは夜に虹のかかる不思議な島だ。

虹の女神様を名乗る幼女の正体が、人の言葉を話せるうさぎでも別におかしいことはない。

「ぼくは女神を継いだんだぞ。虹の女神様が天に帰られる際、直々に新たなる虹の女神という使命をぼくに託された」

「つまり彼方が使いのうさぎで、二代目を襲名したってことか」

「そうだ。偽物《にせもの》でも代わりでもない！　ぼく自身が虹の女神だ！　うさぎではない！」

自らをうさぎではない、と否定するのがかわいらしいうさぎ。

そもそも会話できている時点でふつうではないのだから、細かいことを置いておこう。

「姿形がなんであれ、俺にとって彼方が頼りになる存在には変わりない」

「うむ。ぼくを尊敬するんだぞ」

彼方はひょいっと俺の肩に乗ってくる。ちょっとしたポケモントレーナー気分だ。肩にかかる重さは見た目通り。完璧《かんぺき》にうさぎだ。

「ねぇ、継陽くん。彼方ちゃんが使いのうさぎさんってことは、虹の女神様も実在したってことでいいんだよね。ただの言い伝えだと思っていた……」

島育ちの悠帆は心底驚いた様子だった。

「そうでなければ夜に虹なんか見えないんだぞ」

彼方の説明はもっともだ。

いまだに夜虹島《やこうじま》で、夜に虹のかかる理由は科学的には解明されていない。

「しかし、なんでうさぎに戻ったんだ？」

彼方は我が家に来て以来、ずっと人間の姿をしていた。

「省エネ・モードというやつだな。ぼくはストール——正確には虹の女神様から賜った羽衣のおかげで人の形になっていた。これまでレプリカ相手に集めてきた虹の力を、ストールに貯めこんでいたからな。それが離れてしまうと、ぼくは本来の力を発揮できなくなったんだぞ」

彼方がうさぎの姿に戻る時に発した光が、レプリカが消える時の光と同じだったのも、これで理解できた。

「だから家でも肌身離さずストールとして首に巻いていたわけか」

使いのうさぎに巻かれた手紙が実は女神の羽衣そのものだったのだろう。

もしかしたら、あのストールをつかえば空も飛べるのかもしれない。

「彼方ちゃんってうさぎさんになってもかわいいね」

悠帆は目をハートにして、ときめいていた。

「いいものか！　この手ではゲームができないんだぞッ！」

彼方はぴょんと床に下りて、コントローラーを押してみせようとする。

が、ただ前脚をテシテシと突っ張っているようにしか見えない。

ゲーマーうさぎの弱点は、うさぎの脚ではコントローラーを上手く操作できないことだった。

彼方は悔しそうにコントローラーを蹴《け》っ飛ばす。

「コントローラーに八つ当たりするな、彼方」

「短い前脚の彼方ちゃん、かわいい」

さっきから悠帆はかわいいしか言っていない。

そのまま思わず悠帆は、彼方の頭を撫《な》で出していた。

「おい、気安く触るでな――　ふふ、そう、そこそこ。そのまま。うん、よいぞ。苦しゅうない」

「彼方ちゃん、ずっと撫でていられちゃう」

マッサージを受けるように彼方は手足を身体の下に仕舞って、丸まりながら大人しく撫でられる。ものすごく気持ちよさそうに目を閉じていく。

悠帆もうさぎのなめらかな毛並みを手のひらで堪能しながら延々と撫で続けた。

ＷＩＮ・ＷＩＮな永久機関の完成だった。世界平和がここにある。

悠帆は心ゆくまでうさぎになった彼方を撫でたおかげで、彼方もぐっすり寝てしまった。

「じゃあ、わたしもそろそろ帰るね。家で夕飯もあるし」

「玄関までの見送りで悪い」

「ううん。あんな不思議なことがあって、彼方ちゃんから目を離したくないでしょう」

悠帆はあくまでも普段と変わらない態度で接する。

「……彼方がうさぎになったり、あっさり受け入れてくれたな」

「うーん。いくら疑って否定しても、実際にうさぎさんが彼方ちゃんの声や喋り方をしているなら事実として受け止めるべきかなって」

「悠帆は懐《ふところ》が広いな」

「それに、不思議なことは四月に学校でも起きていたじゃない？　あれって神社で急に現れたアイドル衣装を着た蘭ちゃんの本物そっくりな偽者と関係があるんだよね？」

悠帆は腑《ふ》に落ちたような顔で、さらなる確認を求めた。

あぁ、やはり悠帆はなんとなく気づいていた。

レプリカのタテイシランが現れて俺が逃げろと叫ぶと、悠帆が誰よりも先に反応していた。迷わずオリジナルの立石蘭の手を取り、あの場から離脱した。

「春にグラウンドでゲリラライブをしたアイドル衣装の恵麻《えま》久良羽も同類だ。完璧に本物をコピーした別存在って言えばいいかな。俺はレプリカと呼んでいる」

俺は素直に認めた。今さら隠し通せるほど俺も器用ではない。

「レプリカ！　だから『七色クライマックス』の歌も振り付けは完璧で、衣装も本物そのもので、なにより迸《ほとばし》るオーラが完全に久良羽ちゃんだった。ようやくスッキリしたぁ！」

俺の説明に、彼女は晴れやかな表情で納得した。

悠帆の審美眼には恐れ入る。

豊富なアイドル知識と高度な観察力だけで、悠帆は自力でレプリカの正体を看破していた。

「夜に虹のかかる島だし、そういうこともあるよね」

悠帆はそれ以上、深くは追及しなかった。

「久良羽ちゃんはもう大丈夫なの？」

「あぁ。あの子は強いから自分で乗り越えた」

「じゃあ蘭ちゃんは？」

「久良羽から任されているし、彼方を元に戻すためにも俺が必ずなんとかする」

俺はハッキリと誓う。

柄ではないが、状況は悪化の一途を辿《たど》るからこそ宣言することで自らを鼓舞した。

「わたしにも、できることはある？」

「もう十分すぎるくらい悠帆には助けてもらっている」

「友達なんだから気にしないで」

「悠帆のフォローで、俺はなんとかこの一年をやってこれたと思う。いつもありがとう」

「気にしないで。――好きで、やっていることだから」

「悠帆？」

立ち去ろうとしかけた悠帆は、もう一度、俺と向き直る。

「あのね、継陽くん。最後に少しだけ、気づいたことを言っていい？」

「なんだ？」

「継陽くんってご両親を交通事故で亡くして、この島に来たんだよね」

「あぁ。それがどうした？」

「さっき彼方ちゃんが意識を失った時の継陽くんの反応がね、わたしには別人みたいに見えたんだ。もしかしたら、あの時の継陽くんは別の継陽くんなのかもって思って」

その指摘に、俺は本気で驚かされる。

悠帆には俺の人格がレプリカであることは伝えていない。

なのに彼女は自力で、そうした違いがあるかもしれないと疑念を抱いたのだ。

「継陽くんは自分が思っているよりも、ずっと大切な人を失ったことに傷ついているんだよ。それに、大切な人を失うことを恐がっている。だからその、本気で好きになったりしないように、わざと鈍感でいようとしているのかなって……ごめんね、偉そうなこと言って」

悠帆は、言いすぎたかもしれないと後悔の色を浮かべる。

「いや、それが俺の隠していた本音だよ」

両親の死を受け止めきれなかったオリジナルの瀬武《せぶ》継陽は、傷つきたくないとあらゆる情動を拒絶した結果、レプリカは感情の欠けてた存在として現れた。

そう考えれば辻褄《つじつま》が合う。

俺ひとりでは決して辿り着けなかった、オリジナルが感情を手放した理由。

目から鱗《うろこ》が落ちたような気分だ。

しょせん人間は他人を介さなければ、自分自身さえ正しく認識することができない。

それを痛感する。

俺は悠帆のおかげでまたひとつ俺自身について知ることができた。

「俺は悠帆に一生頭が上がらないな」

「大げさだよ」

「どうして悠帆はそんなに察しがいいんだ?」

俺は純粋な疑問をぶつけてみる。

一見おっとりしている彼女が実は誰よりも鋭い理由を知りたかった。

「そんな、たまたまだよ」

「いや、きっとなにか秘密があるんじゃないか?」

俺が珍しく食い下がると、悠帆は視線をあっちこっちに彷徨《さまよ》わせた末に恥ずかしそうに答える。

「……継陽くんのことを、ずっと見ていたからだよ」

悠帆はそう言ってバスの時間があるからと、駆け足で離れた。

残念ながら今の俺では、皆守《みなもり》悠帆の本音を汲《く》み取ることがまだできなかった。

□■□■

『蘭からも聞いたよ。ご家族の急病だってね』

「伊達《だて》さん、最後まで務めを果たせず申し訳ありませんでした。アルバイト代は結構です」

悠帆が帰った後、俺は伊達さんに謝罪の電話を入れた。

『私が頼んだのは蘭の世話係よ。その目的はいい写真を撮ること。そして、撮影チームからもいい写真が撮れたと報告を受けている。なら報酬はきちんと受け取りなさい』

「しかし」

『仕事の評価は雇った側の私が決める。君の感想は関係ない。そして、あなたは私が期待した仕事を十分果たした。そこで払うべきものを支払わないなら、私は勤労バイト少年を搾取したことになるわ。そんなセコイ真似は私自身が許さない』

そんな気前のいいことを言われれば、俺は従うしかない。

「カッコイイですね。ビヨアイのみんなが慕うのも納得です」

『アイドルをやれるような個性的な女の子達を束ねるには、このくらいでも足りないわ。なにより今のままで満足するつもりもないし』

「……ひとつだけ聞いていいですか?」

『どうぞ』

「もしも恵麻久良羽が今もビヨアイに所属していたら、新メンバー・オーディションをしていましたか?」

『嫌な質問ね。けど、いい着眼点でもある。瀬武くんならどうする?』

「久良羽が残っているなら、しないと思います」

『なぜ?』

「久良羽という才能が抜けたことが、今のビヨアイを作り上げたからです」

『私も同意見よ。ないものねだりするほどアイドルに無駄なものはない。むしろ同じままを保っていられることの方が稀《まれ》なの。だからこそ私は彼女達に変わり続けるアイドルであってほしい。今の世間や芸能界で凝り固まっているアイドル像を超えて、更新してもらいたい。そんな唯一無二のアイドルグループであってほしい。そんな願いから、ビヨンド・ジ・アイドルという名前をつけたのよ』

伊達さんの願い通り、ビヨンド・ジ・アイドルは変わっていっている。

「――だけど、蘭は過去のビヨアイに、恵麻久良羽というアイドルがいた頃に固執している」


俺は今日だけで二度もレプリカが出た時の共通点に気づく。

砂浜では、久良羽から電話がかかってきた。

神社では、久良羽と過去に来た時の話題が出た。

レプリカのラン出現の引き金は、どちらも蘭の前で久良羽のことが関《かか》わっている。

『ここが正念場なの。立石蘭という才能はもっと飛躍できる。だけど、今のままなら遠からずアイドルを辞めるかもしれない』

危機感、それでいて自分が負傷したことへの歯がゆさが電話越しに伝わってきた。

確かな期待と裏腹な不安をふいに吐露する。

「蘭は、もう久良羽から卒業すべきなんですね」

伊達さんはマネージャーとして、俺はレプリカの存在を通じて立石蘭の本音を把握する。

どうやら伊達さんも同じ思いなのだろう。

『今晩は久良羽とふたりで食事なんだってね。蘭の気持ちが整理できるといいんだけど』

最後に伊達塔子は、そんなことを言った。

電話を終えると、緊張の糸が切れたように疲労感が押し寄せてきた。

長い一日だった。

そう思わせるくらいに密度が濃かった。

朝からアイドルの一日マネージャーをする緊張、レプリカのランの二度の出現、アイラから聞かされた去年の夏の真実、そして彼方の変身という思いもよらぬ展開。

部屋の電気をつけるのも億劫《おっくう》で、部屋は暗いままだ。

俺は彼方を心配してかいた冷や汗のしみこんだTシャツを脱ぎ捨て、ベッドで横になる。

「家族が急病か」

枕《まくら》の隣で丸まっている彼方がふいに皮肉げに笑った。

「なにか変か？」

「ぼくが家族扱いなんて妙な気分なんだぞ」

「間違っていない。俺達は一年も一緒に暮らしている。それに俺も似たような境遇だ」

「おまえは、兄と血が繋《つな》がっているんだぞ」

「彼方こそなんで俺の側《そば》にいるんだ？」

「ただの罪滅ぼしだ」

彼方はハッキリと答えた。

「俺を助けられなかったことは気にするな」

「ぼくがもっと上手くやっていれば、おまえは怪我《けが》もせずに済んだ。虹の女神として不甲斐《ふがい》ないばかりなんだぞ」

「生きるか死ぬかの瀬戸際で俺の決断を、彼方は尊重してくれた」

彼方はすくっと立って、さらに俺の顔に近づいてくる。

「おまえは、いい奴だな。神社でのおまえの解釈も中々よかったぞ」

こそばゆいものを頬《ほお》に感じながら、俺もおもむろに彼方の頭を撫でると、大人しくその手を受け入れた。

「あぁ。一刻も、早く、ストールを……取り、戻さな、いと…………」

気持ちいい毛並みの撫で心地に浸っているうちに、俺は眠りに落ちてしまった。

□■□■

――要するに、俺は悲しみを受け止めきれなかった。

まるで鏡の中を覗《のぞ》きこむように、かつての黒髪だった瀬武継陽がそう打ち明けた。

『だから俺は感情をすべて放棄したのか？　極端だな』

これは、眠りに落ちて見ている夢なのだろう。

――それで楽になれると思ったんだ。

俺が問いかけると、黒髪の俺が答えた。

『感情がないと不便なんだ。みんなから鈍感だとよく怒られる』

――元々、俺はそんなに勘のいい方じゃない。

悪びれもしない返答。

『なぜそう言い切れる？』

――この島で出会った人は誰ひとり昔の瀬武継陽を知らない。知っているのは俺自身と、蘭ちゃんだけだ。

『急に俺と話せるようになった理由は？』

――蘭ちゃんの話を聞いて、昔の自分がどういうものか少し思い出したせいだ。

『……レプリカの俺を消して、肉体を取り戻したいか？』

――おまえは俺で、俺はおまえだ。

『どういう意味だ？』

――質問ばかりだな。

『自分のことは、自分が一番よくわからない』

――元に戻れば、少しはわかる。

『どうすれば元に戻れる？』

――虹の女神様を助けてやれ。

昔の自分は、最後にそう言い残す。

そうして夢は覚めていった。

□■□■

俺を眠りから覚ましたのは、家のインターホンが鳴る音だった。

兄貴は店が定休日の時には島のサーフィン仲間と飲んでいるので帰りが遅い。家には他に人の気配がないことからまだ帰宅していないようだ。

彼方もうさぎのまま丸くなっている。

すると、電話の着信があり、暗い部屋の中でスマホの画面が光る。

「もしもし」

『継陽、今どこ？　家にいないの？』

「蘭か？　すまん、疲れて寝落ちしていた。家にはいる」

『そう。彼方ちゃんの体調は大丈夫なの？』

「とりあえずは」

『じゃあ、中に入れて。今、家のインターホンを鳴らしたんだけど』

「久良羽とホテルで夕飯だったのでは？」

『それが終わったから来たの』

「夜は出歩かないでほしいと言ったのに」

『お説教なら直接してよ。いいから家に入れて。お願い』

蘭《らん》の声には元気がない。

「なにやら面倒そうだな。ぼくはまだ寝ているんだぞ」

いつの間にか聞き耳を立てていた彼方はベッドから降りて、小気味いい足音を立てていつものように押し入れの中に入った。


玄関の扉を開けると、立石蘭がほんとうに立っていた。

「なんで半裸？」

言われて、シャツを脱いだまま寝落ちしたことを忘れていた。

「寝ぼけたみたいだ」

「いいよ。昼間はあたしの水着も見たし、おあいこ」

蘭は家に上がり、俺の部屋に通す。

「電気はつけないで。眩《まぶ》しいのは、嫌い」

蘭はそのままベッドに座った。

「どうして俺の家に？」

俺は問いながら、暗闇《くらやみ》の中で手近なシャツに袖《そで》を通す。

「今日が終わるまではあたしのマネージャーでしょう」

「……あまり楽しい夕食ではなかったみたいだな」

「立ってないで座って、アイドルの愚痴《ぐち》くらい聞いてよ」

蘭の有無を言わせない態度に、仕方なく俺も黙ってベッドの端に腰かけた。

第八話 もういいよね

everyone's idols can't help falling love with me

自分の部屋に初恋のアイドルがいる。

部屋の電気は消されたまま、ベッドの上にふたりで座っていた。

夢のような状況を無邪気に楽しめれば最高だろうが、残念ながらロマンチックには程遠い。

部屋の空気は非常に重くて陰鬱《いんうつ》だ。

鈍い俺《おれ》でも、今の蘭《らん》のただならぬ雰囲気は察することができた。

昼間とは別人のように元気がないのだ。

「久良羽《くらう》と喧嘩《けんか》でもなったのか？」

俺は蘭を見ないように、背を向けたまま語りかける。

「いっそ本気の喧嘩になればお互いに嫌いになれて、綺麗《きれい》に諦《あきら》めもついたのかな」

「綺麗な終わり方なんて滅多《めった》にないさ」

「それは継陽《つぐはる》の実感？」

「あぁ」

「結局ね、あたしが一方的に気持ちを伝えて、久良羽を困らせるだけで終わっちゃった」

「気持ち？」

「アイドルに復帰するようにお願いしたけど、久良羽は首を縦に振ってくれなかった」

涙のにじむ声で、蘭は答える。

「わかってた。わかってたんだよ。どうせ断られるって。島に来て、久しぶりに会った久良羽は綺麗さっぱりアイドルに対する未練が消えていたんだもの」

「前は違ったのか？」

「辞める前のあの子は、続けたいけどできないって苦悩が確かにあった。けど、今は心の整理をつけて、きちんと吹っ切れていた。そういうの、親友だから色々わかっちゃうんだよ」

蘭は久良羽の結論を理解しつつも納得できない様子だ。

恵麻《えま》久良羽がアイドルではなく、ふつうの女の子を選んだことを受け入れられていない。

「それでも、久良羽にまだ戻ってきてほしいのか？」

「――ひとりで浴びるスポットライトはあたしには眩しすぎるんだよ」

蘭はさびしそうに呟《つぶや》く。

「あたしにとってセンターに注《そそ》がれる光は、久良羽とふたりで分け合うものだった。だから、ひとりだけで浴びても意味がないんだよ」

眩しい舞台の中心に注がれる光の重圧は、凡人の想像を遥《はる》かに超える緊張があるのだろう。

蘭は、それでも単独センターとしてがんばってきた。

いつも横にいた久良羽の不在を埋められないまま、その空虚を抱えてアイドルとして笑っていたに違いない。

「そんなに久良羽は特別なのか？」

自分で訊《き》きながらも、愚問だと思う。

それは本物のパフォーマンスを完全に再現したレプリカのエマクラウを見て、十二分に体感できた。

「久良羽は同じグループのメンバーである以上に、あたし個人が推している憧《あこが》れのアイドルなの。自分の好きなアイドルと同じグループで活動できるからがんばれたんだ。隣に並ぶ久良羽に恥をかかせないようにダンスを一生懸命練習した。歌が上達すると久良羽が喜んでくれた」

「アイドルを応援するアイドルか」

今時アイドルグループ内に、アイドルファンがいても不思議ではない。

ある意味、それはアイドルファンにとっては最高の環境だろう。

自分のがんばりがそのまま自分の好きなアイドルの評価にも結びつく。

間近でその反応を確かめられるとなれば、全身全霊で努力するモチベーションとなる。

「――だから、あたしのせいで恵麻久良羽ってアイドルが引退したなんて苦しくて耐えられないんだよ」

蘭が俺の背中に頭を預けてくる。

Tシャツ越しに感じた涙の熱が熱かった。

「好きな人がいなくなるのは辛《つら》いな」

「罪悪感で潰《つぶ》れそうだよ」

「よくがんばった」

「もういいよね。あたし、久良羽の分までがんばってきたんだよ。ビヨアイを人気アイドルにしたいっていう久良羽の想《おも》いを受け継いで、その夢を叶《かな》えようって必死に笑って、歌って、踊って……でも――もう限界」

縋《すが》りつくように伸ばした蘭の手が、俺のシャツを握る。

残された者として託された想いの重さを感じながら、蘭は黙って戦ってきた。

「蘭もアイドルを辞めたいのか？」

「だって、もう続ける意味がないんだもん。アイドルの恵麻久良羽は戻ってこない」

「それなら恵麻久良羽のファンであることを辞めればいい」

「継陽、淡泊《たんぱく》すぎ」

「アイドルに想いを寄せるのは叶わぬ恋だ。見返りを求めるだけ苦しくなる」

「――じゃあ、あたしは見返りをあげるアイドルになってあげるよ」

耳元で囁《ささや》かれた甘い声。

「蘭……⁉」

蘭の腕が俺の胸に回され、背中に量感たっぷりのやわらかいふたつの膨らみが遠慮なく押しつけられた。

俺の背筋をゾクリとさせると、蘭がかすかに笑う気配がした。

「やっぱり継陽も男の子なんだね」

「蘭、どうした」

汗ばんだ女の子の甘い香りと体温の高いしっとりとした肌が、俺に重なるように押しつけられる。全身で感じる女の子の生々しい感触に身体《からだ》は勝手に反応してしまう。

反射的に俺は逃げようとすると、蘭が「えい！」と体重をかけてくる。

俺はうつ伏せでベッドに押し倒されてしまい、蘭がその上から覆《おお》いかぶさってきた。

「……もう、いいかなって」

蘭の感情を欠いた声が上から降ってくる。

「なにが？」

「あたしの処女をもらってよ」

俺はその言葉に慌てて向きを変えて、なんとか仰向《あおむ》けになる。

彼女の瞳《ひとみ》の奥が爛々《らんらん》と輝く。

肉食動物が獲物を狙《ねら》うがごとく男を自ら誘うこの状況に酔い痴《し》れているようでさえあった。

発情して待ち切れず、今にも腰を下ろして馬乗りになってきそうだ。

このギリギリでの距離感で駆け引きをして、俺の反応を愉《たの》しんでいる風でさえある。

「落ち着け、蘭」

「慌ててかわいい。もしかして継陽も童貞？　なら、はじめて同士でちょうどいいかもね」

「自暴自棄《じぼうじき》になるな」

「継陽にならいいと思ったから」

「だからって」

「あたしが相手じゃ嫌なの？」

「そういう問題じゃない」

「君は特別だからいいよ」

「こんな時までリップサービスなんてするな」

「違うよ」

「え？」

そこに浮かんだのは職業的な笑顔ではなく、十代の女の子らしい素顔だ。

部屋が暗いままだったから、この瞬間まで気づけなかった。

やっぱり俺は鈍い。

蘭が明かりをつけるのを拒んだのも当然だ。

久良羽との食事を終えて、俺の家に来るまで彼女は泣き続けていたのだろう。

月明りに浮かび上がった蘭の目元は既に泣き腫《なは》らしていた。

「継陽の言葉にあたしは何度も励まされた。あたしにアイドルとしての自信をくれたのは君なんだよ。特別なファンだから顔も名前もずっと覚えていた。イベントに来てくれなくなってからも忘れられなかった。髪の色や態度が昔と違っても、君はやっぱり君だった。あたしの好きな男の子のままだった」

懸命に恥ずかしさに耐えながらも、その弱気は隠し切れていない。

「……ほんとうに、特別だったのか」

蘭の言葉はすべて真実だった。

そんな奇跡があるなんて思いもしなかった。

「ねぇ慰めてよ」

彼女は俺の手を取り、おもむろに自分の胸元《むなもと》に導く。

押しつけられた感触は抗《あらが》いがたく、俺の五指が強張《こわば》った。

同時に、蘭から鼻にかかる甘い声が漏《も》れる。

「蘭」

「ひと夏の思い出作りだよ」

「蘭」

「ゴムないけどいっか。妊娠でもすればスキャンダルで強制的にアイドル引退できるし」

「蘭！」

「継陽まで、あたしのことを避けるの⁉」

蘭が苦しげに訴える。

「むしろ俺は、今夜君をここから帰したくないくらいだ」

夜はレプリカの時間だ。

こうやってまた自由に出歩かれたら、レプリカと遭遇しかねない。

——と、俺は蘭の安全を慮《おもんばか》って言ったつもりなのだが、蘭の身体は急に強張らせた。

「えっと、その」

蘭は我に返ったように、妙に慌て出す。

「とにかく先に話をしたい。それ以外のことは後からでも遅くはない」

蘭が身を引くのに合わせて、俺も身体を起こす。

ベッドの上で改めてふたりで座り直した。

今度はきちんと彼女の顔を見る。

「そんな、じっと見つめないで」

蘭は先ほどまでの勢いはどこへやら。急にしおらしくなる。

「緊張しているのか？」

「そ、そりゃするよ！　継陽こそ、もうちょっと動揺してみせてよ」

「俺も緊張はしている」

「嘘《うそ》は嫌だよ」

「そんな器用な男に見えるか」

紅潮した彼女は何度も俺を見ては視線を逸《そ》らす。ぎゅっと腕を大きな胸元に寄せて、身を固くしていた。

「蘭が俺を信頼して、ここまで来てくれたのは嬉《うれ》しい」

「そこまで話題が戻るの⁉」

拍子抜けしたように蘭は緊張を解いた。

「前置きはいらないか？」

「長すぎる会話は、野暮《やぼ》だよ」

ならば、と俺は言うべきことを言う。

「セックスしても一時の現実逃避にしかならないし、処女を捨てたくらいでアイドルは辞められないぞ」

今の時代、アイドルを目指すようなかわいい子はそもそもモテる。

過去に恋人のひとりやふたりはいるだろうし、経験済みでも珍しくない。清純なイメージで売り出されたアイドルが、まさかカタログスペック通りだと本気で信じているアイドルファンも稀《まれ》だろう。

「……ハッキリ言わないでよ。冷めるなぁ、ムード台無し」

「――俺は、中途半端《ちゅうとはんぱ》は嫌だ。どんな結果になっても、秘密は守るし責任はとる」

「そういう感じ、すごく童貞っぽい」

「誰《だれ》しも最初の時はある」

「確かめていい？」

蘭はそっと俺の手を取る。

「ほんとだ。手のひらにすごく汗をかいている」

「気持ち悪いだろう？」

俺がすぐに離そうとして、蘭はむしろ指を絡《から》ませてくる。

「女の子に真面目《まじめ》なのは素敵だよ……そんな君だからいいんだ」

蘭の手に引き寄せられながら、俺達はベッドで横になる。

ふたり分の重さでシングルベッドが軋《きし》む。

見慣れた自室の天井《てんじょう》が違って見える。

繋《つな》がったままの手を通じて、彼女の緊張が伝わってきた。

イベントでの握手ならとっくに制限時間を過ぎて、引き剝《は》がされているだろう。

だが、俺と蘭の手は離れない。

「あたしはさ、なんの才能もない田舎《いなか》育ちの平凡な女の子なんだよ。自分で決断なんかしていない。たまたま運よくアイドルになっただけ。ぜんぶ流されて、ここまで来た」

蘭は気の抜けた声で自嘲《じちょう》する。

もう疲れて、なにも考えたくないと気怠《けだる》さを滲《にじ》ませていた。

それは今日一日分ではなく、久良羽が去ってからのアイドルとしての日々で溜《た》まったすべての疲労感が溢《あふ》れ出ているようだった。

「何者でもない立石《たていし》蘭が、恵麻久良羽に出会って本物のアイドルになっただろう。才能は他人が見出すものだ。人間、自分のことが一番わからないものさ」

俺は実感をこめて、そう伝える。

「継陽は今も昔も、そうやってあたしを励ましてくれるよね。性欲に流されて犯せばいいのに。あたし、抵抗しないよ。だから——冷静になる時間なんか与えないで」

蘭の声はどこか楽しげだ。

身体の向きを横に変えて、いきなり俺の腕に抱きついてくる。

寝ている状態でも蘭の胸の大きさややわらかさはハッキリとわかった。

俺は迂闊《うかつ》に動けないまま、なんとか会話を続ける。

「それが君のためになるなら協力しよう」

「じゃあ、して。初恋のアイドルと寝られるチャンスなんだよ」

「ただ、結果的にアイドルを辞めさせてしまうようなファンにはなりたくない」

「――、その言い方はズルいよ」

「俺は自分の好きだったアイドルを応援しているだけだ」

「アイドルじゃなくなった立石蘭には価値がないの？」

「すまない、言葉が足りなかったな。俺は君の笑顔には元気が貰《もら》える。見ているだけで楽しい気持ちになれる。話しているだけで幸福を感じられる。そんな特別な女の子だ」

俺は、彼女に対する率直《そっちょく》な感想を述べる。

「継陽はあたしを弄《もてあそ》ぶなぁ。期待させたり、失望させたり振り回して楽しい？」

視線が痛い。蘭は文句ありげに俺の顔を覗《のぞ》きこんでくる。

「君に後悔だけはしてほしくないだけだ」

「これ以上、どれに後悔すればいいのよ？　久良羽を守れなかったこと？　アイドルになったこと？　アイドルのオーディションに付き合ったこと？　それとも久良羽の気になる男の子を誘惑していること？」

蘭はどこか逆ギレしているのに、俺の腕は決して離さない。

「そうなのか？」

「継陽って本気で気づいてなかったんだ。そりゃ悠帆《ゆうほ》ちゃんやアイラちゃんも大変だね」

「なんで、そのふたりの名前まで出てくるんだ？」

「そっちも気づいていないの？」

「なにが？」

「……いいよ。継陽はただ流されただけだもんねぇ」

蘭はどこかバツが悪そうに呟く。

「流されるのは悪いことばかりじゃない」

「初恋のアイドルに抱きつかれているから？」

「そうじゃない」

茶化《ちゃか》そうとする蘭に、俺は真剣な声で自分の伝えるべきことを話す。

久良羽のアイドルに対する葛藤は誰よりも間近で見てきた。

東京を離れ、この島でようやくふつうの女の子に戻ることを肯定したのだ。

だから恵麻久良羽の本音を代弁できるのは、俺しかいない。

「流されながらでも結果的にできるのと、続けたくても続けられないの間には――絶望的な差がある」

「セックスの話？　大丈夫、緊張して上手《うま》くいかなかったとしても、あたしは気にしないから」

話を逸らそうとする蘭をあえて無視する。

「アイドルを続けるのは、才能や覚悟だけではどうにもならない瞬間があるんだ」

どれだけヤル気に満ちていても、どうしても上手くいかないことがある。

まったくヤル気がないのに、不思議とトントン拍子で進んでしまうことがある。

平等なチャンスなど幻想だ。

あらゆる幸運と理不尽、逆境と積み重ねに左右されながら人生は続いていく。

「辞めることを選べるのは続けられる者だけの特権だ。続けられない者はその選択肢さえ用意されていない。――恵麻久良羽には辞めるしか選べなかった」

俺は静かに告げる。

「久良羽は、あたしなんか庇《かば》うことなかったんだよ」

蘭は捨て鉢気味に言い捨てた。

「そんなわけないだろう」

蘭は、怯《おび》えるようにこちらを見た。

「立石蘭は、恵麻久良羽がアイドル生命を賭《か》けてまで守った才能だ。君が久良羽に憧れたように、久良羽にとって蘭はいつまでも理想のアイドルなんだよ」

「重すぎるよ。あたしは、託されたくなんてなかった」

否定する声は弱々しかった。

「久良羽は君を守って後悔していない。それはわかっているんだろう？」

「あたしは久良羽みたいに天才じゃないんだよ！」

蘭は身体を起こしながら叫ぶ。

久良羽の想いに気づいた以上、蘭は自分がアイドルであることからもう逃げられない。

「天才がふつうより上なんて誰が決めた？」

「え？」

「ファンは、ふつうの女の子である蘭だから応援するんだ。昔の俺もそうだった」

俺も起き上がって、彼女と向き合う。

「蘭、もう自分を許してやれ。君を待つ大勢のファンのために。その中には久良羽だって含まれているんだ」

蘭の肩が震えた。

「久良羽は君と一緒に、ビヨンド・ジ・アイドルとして紅白のステージに立ちたがっていた。心の底から、そう願っていた。それでも久良羽はその夢を手放したから、ふつうの女の子になれたんだ。前に進めたんだ」

果たして俺が、恵麻久良羽の気持ちをどこまで伝えきれたかはわからない。

ただ、ふたりの気持ちがすれ違ったまま、蘭には東京に帰ってほしくなかった。

「あたしだって同じ気持ち。久良羽ともう一度だけ、最後にステージに立ちたかった！」

蘭は俺の胸に飛びこむように顔を寄せた。

「それが――立石蘭の本音なんだな」

「うん。もう二度と久良羽がアイドルに戻らなくても、最後に華々しく送り出してあげたかった。アイドル・恵麻久良羽をきちんと見送りたかった」

彼女が虹に降られた理由。

立石蘭はアイドルである前に、純粋な久良羽のファンだ。

そんな彼女の心からの願いとは、自分が一番応援しているアイドルのラストライブを見たかった。

だからレプリカのタテイシランは、恵麻久良羽を遠ざける存在を嫌った。

自分の器を奪って人格を変えるのではなく、他人を排除することによって自分の願いを叶えようとしていた。

新メンバー・オーディションを計画している伊達塔子《だてとうこ》。

この島で恵麻久良羽と親しい異性である瀬武《せぶ》継陽。

だけど、オリジナルである蘭はどこまでも冷静だ。

どれだけ心の隅で思っていても本気で殺意なんて抱けるわけがなく、それが実行されてはいけないことだとわかっている。

その証拠に伊達さんは怪我《けが》で済み、俺もパラソルで脅されただけ。

変えたいのは自分ではなく、この現実。

いくら自分を変えようとも久良羽は戻ってこない。

レプリカのランに言葉がないのは、最初から自分との対話の余地がないからだ。

文字通り、本音と建前《たてまえ》で完全に分裂していた。

どれだけ願っても、現実は変わらない。

叶わない願いに、また涙しながら蘭は俺に身を預ける。

「あたし、どこで間違えちゃったの？」

「君はなにも悪くない」

「じゃあ、あたしが代わりにアイドルを辞めるから、久良羽をアイドルに戻してよ。復帰できるなら喜んで辞めるから。どうすれば久良羽はアイドルを続けられたの？」

蘭は笑顔の裏でずっと抱えこんでいた。

八つ当たりをするように弱々しく俺の胸を叩《たた》く。

俺も黙って受け止めることしかできない。

「誰にも、どうすることもできないんだ」

「アイドルって残酷な仕事だね」

それはどこへ向けた言葉だろうか？

深くは問わない。すべては終わってしまったことだ。

「そうだな」

俺は、泣き続ける蘭をそっと抱きしめていた。

ただ耐えるしかない苦痛に、せめて同じ気持ちを共有していることだけは示したかった。

アイドルに本気で想いを寄せるのはなんと残酷なことだろう。

決して手に入らず、いつかは消える美しい蜃気楼《しんきろう》。

叶わないと知りながらガチ恋して苦しむのなら、夢を見させるアイドルという存在は罪深い。

それでも、人は人を好きになる気持ちを止められない。

□■□■

蘭が泣き止《や》むにつれて、俺も段々と我に返っていく。

タイミングを見計らってハグを解いたら、この状況が妙に恥ずかしくなってきた。

「アイドルを泣かせるなんて俺はファン失格だ」

俺は照れながら、自分の思わぬ大胆さを誤魔化《ごまか》した。

「ほんとうに一番辛い時にこうして側《そば》にいてくれたじゃない。それはファンにはできないよ」

蘭は泣きすぎて目が赤いが、表情はとても晴れやかだ。

「十二時までは君のマネージャーだからな」

「その後は？」

「友達でどうだ」

「あたしとしては、もっと踏みこんだ関係でもいいけど」

蘭はニコリと白い歯を見せて笑う。

その無邪気さと溌剌《はつらつ》さは、いつもの元気な立石蘭だった。

「蘭、俺は――」

答えようとして、スマホの着信音が鳴った。

「久良羽からだな」

「出ていいよ。気まずいなら、あたしのことは内緒にすればいいし」

「君と仲直りするための相談の電話だろう」

「継陽がいいアドバイスできるの？」

肩を竦《すく》めて、俺は電話に出る。

「もしもし、久良羽。こんな時間にどうした？」

『…………』

「久良羽？」

『あの、瀬武先輩……』

様子がおかしい。

声が震えている。耳を澄ませると、かすかに波の音が聞こえた。

「久良羽？　こんな時間に外にいるのか？　なにをしている？」

『それが、その。いきなりアイドル衣装の蘭ちゃんが現れて。これって間違いなくレプリカですよね』

「レプリカが君に会いに行ったのか？」

『というか、誘拐されました』

「誘拐⁉」

俺の声に、蘭の表情も凍りつく。

スマホをひったくりそうな勢いだったので、蘭を押さえながら電話を続ける。

「今どこだ？」

『あの断崖です。瀬武先輩の落ちた』

「わかった。すぐに助けに行く」

『けど、これ絶対罠《わな》ですよ。いきなり私を担《かつ》いで連れ去った後、スマホを奪って先輩に電話をかけさせたんです』

まさか女子高生ひとりを担いで、市街地から離れた断崖まで移動するなんて。

『あと、彼方《かなた》ちゃんのスカーフっぽいのも身につけてますけど、大丈夫なんですか？』

「正直、彼方の助けは期待するな」

『ですよねぇ。先輩、私どうなっちゃうんですか？　まさか崖から突き落とされる？』

「そんなことはさせない！　とにかく俺を信じて待っていろ」

『瀬武先輩も気をつ――』

久良羽が最後まで言い切る前に通話は切れた。

スマホを奪われたような気配があったことから、レプリカのランに取り上げられたのか。

すぐに電話を折り返しても繋がらない。

「ねぇ、今のってどういう意味？　誘拐って？」

蘭は青ざめた顔でこちらを見ていた。

「君はここで待っていてくれ。俺は久良羽を助けに行く」

「なにかあるんでしょう？　どうして警察を呼ばずに、自分だけで行こうとするの？」

蘭はなんとかして冷静さを保とうとしていた。

「君を危ない目には巻きこめないからだ」

レプリカのランは、彼女にとって一番大切な存在である久良羽に接触してきたのだ。

今度こそオリジナルの肉体を乗っ取るための罠かもしれない。

「なら、あたしもついていく！　今度こそ久良羽は、あたしが助ける！」

「ダメだ！」

「継陽！　また、あたしだけ除《の》け者《もの》にするの？」

「蘭」

安全を考えるなら、彼女を連れていくべきではない。だが隠しておくにも無理がある。

「ふたりに、また去られるのはもう嫌だよ」

蘭は悔しそうに表情を歪《ゆが》めた。

「全員で行くぞ！　ぼくのストールさえ取り返せれば、万事解決だ」

いきなり足元から走り出てきた彼方。俺のボディーバッグを口にくわえて放ってきた。

この中に自分を入れて連れていけ、ということらしい。

「え。継陽、うさぎを飼ってたの？　ていうか……今喋《しゃべ》ってなかった？」

「――。移動しながら説明する」

□■□■

夜遅くではバスも出ていない。今からタクシーを呼んでも到着まで時間がかかる。

結局、自転車を自分で漕《こ》ぐのが一番早い。

蘭には、家でつかっていなかったもう一台の自転車を貸した。

俺も自分の自転車に乗り、ふたりで海岸沿いの道を走る。

月明りで白く輝く海、頭上には七色の虹。

だが、そんな景色を楽しむ余裕が今は微塵《みじん》もない。

俺達は全速力で、あの崖を目指す。

「このスピードでついて来れるか？」

「中学時代は自転車通学で毎日山を越えていたから慣れてる！」

俺はボディーバッグを前に回し、そこから顔を出した彼方がこれまでの経緯を蘭に説明した。

わかった、と蘭はすべてを把握した。

「あの小娘と違って素直だな」と彼方は感心していた。

「だってうさぎちゃんが喋っているし、それが彼方ちゃんなら信じるしかないってば。それにずっと冷静だった継陽が焦《あせ》れば、嘘じゃないってわかるし」

「しかし、まさかあの小娘にじかに手を出すとはなぁ」

彼方は不思議そうに唸《うな》る。

「久良羽をアイドルに復帰させるために現れたレプリカなのに、その本人を誘拐するなんて。直接脅すためか？」

「あたしは絶対に久良羽を恐《こわ》がらせたりしないよ！」と蘭は反論する。

「小娘本人を脅すなら、わざわざおまえに電話する必要はないんだぞ。呼び出したおまえを痛めつけて、小娘の首を縦に振らせるあたりか」

彼方の予想に、俺は眉《まゆ》をひそめる。

「その可能性も踏まえて、俺達がやるべきことはふたつ。久良羽の安全を確保しつつ、彼方のストールを取り返す」

「うむ。ぼくの手元に返れば万事解決だぞ」

彼方は自信満々に宣言する。

「どうやってレプリカからストールを奪う？　話せる相手じゃないし力勝負では敵《かな》わないぞ」

「あたしのレプリカってすごく厄介な感じ？」

横で作戦会議を聞きながら、蘭は複雑そうな顔をしていた。

「君だけじゃなくて、アイドルのガチ勢なんてそんなもんだろう。純粋で情熱的だからこそ、自分の理想通りにならなければ裏切られた気持ちにもなる。みんな聞き分けがよく、融通が利《き》くなら危ない事件なんて起きないさ」

蘭は下唇を噛《か》みしめた。

光が強ければ強いほど、影もまた深くなる。

眩い光が心の道しるべになる一方で、隠していた心の闇《やみ》も浮かび上がらせてしまう。

「アイドルだって人間だ。完璧《かんぺき》じゃなくて当然だろう」

「うん。ありがとう」

海に突き出た断崖のシルエットがいよいよ見えてくる。

月明りに浮かび上がる崖は、なんだか野外ステージのようにも思えた。

あそこには確かにアイドルがいるが、楽しいライブは期待できそうにない。

たとえどんな現場でも駆けつけるのがファンとしての意地だろう。

「正攻法が無理ならば、レプリカの虚を衝くしかないんだぞ。そういうのは好きではないんだが、今のぼくでは正直役に立たん」

真正面からの力押しで圧倒するのが好きな彼方は悔しそうだ。

「俺を囮《おとり》にして、彼方が隙《すき》を突いて取り返せ」

現状の条件から一番確実性の高いのは、俺に意識を向けさせることだ。

「囮ならあたしが引き受けるよ！　レプリカの責任は、あたしの責任なんだよね」

「ダメだ、蘭にもしものことがあったら……」

「一日マネージャーの時間は、もうとっくにおしまいだよ？」

「俺が、君を心配なんだ」

「継陽……」

「ときめいてる場合じゃないんだぞ」と彼方が小さな鼻をヒクヒクさせる。

「違う！　アイドルはときめさせる側！　あたしは、別に……」

「色恋はぜんぶ終わってから楽しめ。ぼくはおまえの作戦を採用する。隠し玉を披露するにもストールなしには、どうにもならん。こうなっては出たとこ勝負なんだぞ」

「彼方、レプリカに気づかれないようにバッグに隠れていろ。悪いがしばらく我慢してくれ」

「おまえも無理をするな」

彼方はくるりと首を巡らし俺を見ると、巣穴に引っこむようにバッグに身を潜めた。

第九話 あまりにも素敵な夜だから

everyone's idols can't help falling love with me

崖の上にはレプリカのランと久良羽《くらう》が待っていた。

明るい月光は白い照明となり、海を望む高台を照らし上げる。

潮風が吹き上がり、少女達の衣服を揺らす。

地上の異変などお構いなしに、夜空に浮かぶ七色の虹は変わらず美しかった。

「どうして蘭《らん》ちゃんも一緒なんですか⁉ 先輩のバカッ！」

俺《おれ》達の到着に気づいた久良羽は喜びから一転、怪訝《けげん》な顔で怒ってくる。

「君と喧嘩《けんか》した後、彼女がうちに来たんだ」

「傷心のアイドルをケアするなんてマネージャーの鑑ですねッ！」

皮肉のひとつも飛ばすが、いつものような迫力に欠ける。

引きつった表情の久良羽は、後ろ手で押さえつけられているようで動けないようだ。

その背後で、レプリカのランは無表情に佇《たたず》む。彼方《かなた》から奪ったストールは両腕に絡《から》みつき、七色の輝きを発していた。

足元に落ちている久良羽のスマホは画面にヒビが入っていた。通話後に壊されたのだろう。

最悪なことに断崖の淵ギリギリでふたりは立っていた。

一歩でも下がれば崖下に真っ逆さまだ。

あるいは、突き落とされても。

「説教なら後でいくらでも聞く。動けないいんだな?」

「手錠をかけられたみたいにガッチリです」

久良羽は平気そうなフリをするが、立った状態でも自力で振りほどくのは難しいようだ。

俺達の立つ場所から崖の際まで五メートル弱。

強引に飛びついたところで、なにをするにもレプリカのランの方が早い。

「久良羽、怪我《けが》はない？　大丈夫?」

青ざめた蘭が、悲痛な声で問いかける。

自分と瓜二つの顔でアイドル衣装を着た女の子が、蘭の大切な親友で、かけがえのない仲間で、憧《あこが》れのアイドルであった恵麻《えま》久良羽を力づくで手中に収めていた。

こんな光景は、蘭が望んだものではない。

だが、どうしてこんな状況になっているのか?

「自分の一番好きなアイドルだろう。どうして人質にするんだ?」

俺は無駄と知りながらレプリカのランに呼びかける。

案の定、レプリカのランは答えない。

唇を真一文字に閉ざし、虚《うつ》ろな瞳《ひとみ》はぼんやりとこちらを見ているだけだ。

「わざわざ俺を呼び出したってことは、俺に対してなにか理由があるのだろう」

俺は両手を上げて敵意がないことを示しつつ、ゆっくりと近づいていく。

まるでハリウッド映画のようだ。人質をとって身代金を要求する犯人に対して交渉する刑事の緊張感が今ならよくわかる。

残念ながら俺はふつうの高校生だ。

拳銃どころか、素手で相手をコテンパンにできるような戦闘技術もない。

漫画のように突如として超人的な能力に覚醒《かくせい》することも見こめないだろう。

レプリカの裏をかくような機転を利《き》かせられるほど賢くない。

口下手だから言葉巧みに相手を心変わりさせる説得も期待できない。

ふたりきりの夕食の席で、アイドル・恵麻久良羽は戻らないという結論は変わらなかった。

ゆえに思い通りにいかない現実を覆すために誘拐という強硬手段に出た。

久良羽だけは安全という前提が崩れた以上、なにが起きてもおかしくはない。

「ねぇ、もうひとりのあたし！　危ないから久良羽を離して！　代わりにあたしがそっちに行くから！」

この危険な状況に耐えられないとばかりに蘭が申し出る。

「来ちゃダメ！　一番危ないのは蘭ちゃんなんだよ！」

レプリカに肉体を乗っ取られるリスクを承知している久良羽は拒絶する。

相変わらずの声量に、蘭は気圧《けお》されていた。

一度は身を固くした蘭だが、それでも必死に叫ぶ。

「こんな時まであたしなんか守ろうとしなくていいよ！　どうして久良羽はあたしを優先しようとするの⁉」

「そんなの、蘭ちゃんが大切に決まっているから！」

「あたしのせいで久良羽が危ない目に遭ってほしくないだけなのに。お願い、久良羽を返して。あたしから奪わないで。あたしはただ、久良羽の側《そば》にいたいだけなのに」

蘭もまた限界のように、その場にへたりこんでしまう。

この状況は久良羽にとっても、蘭にとってもトラウマの再現に他ならない。

唐突に、自分の大切な人が傷つけられるかもしれない瀬戸際。

アイドルという理由だけで、味わわされる恐怖。

人生を歪《ゆが》められた一瞬。

消えない心の傷。

理不尽の極致。

こんなこと、許されていいはずがない。

無言を貫くレプリカのランは、なぜ過去の辛《つら》いシチュエーションを再現しているのか？

わざわざ傷口に塩を塗る真似《まね》をして、オリジナルの蘭を苦しめる理由はどうして？

「………」

俺は、そっと蘭の顔を見る。

撮影の時に見せていた余裕は彼女から完全に奪われていた。

演じることもできず、素の彼女は、悲しみと恐怖に染まっている。

考えろ。鈍い俺でも、他人の感情に全力で寄り添ってみせろ。

頭の中の鈍い痛みに耐えながら、俺は蘭に虹が降ったほんとうの意味を探す。

立石《たていし》蘭は、自分《レプリカ》で自分《オリジナル》を追い詰めていた。

久良羽の側《そば》にいたいと言いながら、こうして自分を痛めつける。

これでは本音と行動が真逆だ。

久良羽に嫌われたっておかしくない。自ら遠ざかろうとしているような……。

「——自分への罰なのか？」

自分を庇《かば》ったせいで、恵麻久良羽はアイドルを引退した。

その罪悪感に苛《さいな》まれ続け、どれだけ足掻《あが》いても復帰が叶《かな》わないと思い知らされて——蘭は、そんな自分を許せずにいる。

一年の月日が流れても癒《い》えない傷は、彼女を今も苦しめる。

「どれだけ久良羽のことが好きなんだよ」

忘れられないのは、強い想《おも》いの裏返しだ。

「継《つぐ》、陽《はる》……？」

「蘭。俺は何度でも言うぞ。もう自分を許してやれ。君が罪を感じることはないんだ」

俺はそっと彼女の涙を指で拭《ぬぐ》うと、俺はレプリカの方に進んでいく。

こんな時、熱烈なアイドルファンだった昔の瀬武《せぶ》継陽ならどうする？

応援するアイドルのために、なにができる？

そう自分に問いかける。

すると疼《うず》いていた鈍い頭痛の中でまた声が聞こえた。


——今度こそ守ってみせろ。


もう病室で眺めているだけで終わらせない。

テレビの向こう側の事件だと無関係な振りをするな。


——俺は、アイドルにガチ恋していたんだ。

本物のファンなら乗り越えてみせる。

自分の大好きなアイドル達に悲しい想いをさせない。
——見返りなんて求めず突き進め。
まだ間に合う。
涙を流させるのは嬉《うれ》しい時だけで十分だ。
——それでこそ本物の瀬武継陽だろう。
そう呼びかけてきた男の声は、間違いなく俺自身だ。
「——当然だ」
自分に呼びかけながら自分が答えていた。
昔の俺と今の俺で答えは同じだ。
迷いなく完全に一致していた。
俺は立石蘭の、恵麻久良羽に対する想いを信じる。
レプリカのランは絶対に久良羽だけは傷つけないと再び確信した。
俺はそう信じて、駆け出す。

ここに俺を止められる存在は誰《だれ》もいない。

代わりに彼女達を守ってくれる警備員もスタッフも柵《さく》さえもなかった。

この場に、安全も安心も保証するものはなにひとつない。

あぁ、確かにアイドルに叶わぬ恋をするのは割に合わないだろう。

ステージで夢を見せてくれた彼女達はいつか表舞台を去る日が来るかもしれない。

生きた人間である少女達は、永遠の偶像にはなれないのだ。

自分の思い通りにはできず、彼女達は年齢を重ね、他の誰かを愛する。

アイドルに想いを捧《ささ》げるのは、最初から失恋する定めにある。

だが、それがどうした？

それでも彼女達を守れるなら、ファンとして本望だ。


「傷つくのを恐れて、アイドルにガチ恋できるか！」


ステージと客席の間には見えない境界線があり、決して越えてはならない。

それは彼女達の安全のためであり、現実側である自分が入ることで夢を壊さないためである。

その禁止事項を、俺は破る。

さながらステージによじ登るような蛮行で、俺はレプリカのランに飛びかかる。

最悪にして、唯一の方法。
出禁上等。
かつての俺は一度試している。
崖から落ちたところで、俺は奇跡的に生きのびた。
もしも久良羽が落ちてしまったら、俺も一緒に落ちてでも守ってやる。
人質をとして連れ出すのなら、それでいい。崖っぷちで膠着《こうちゃく》されるよりはマシだ。
俺に暴力を振るうなら受けてたとう。覚悟はできている。
久良羽を盾にするなら、俺は死ぬ気で足掻《あが》いて久良羽とストールを取り返す。
だが、レプリカのランがとった行動はそのどれとも違った。
「――――」
彼女はなんの感慨もなく、彼女のストールを崖下に投げ捨てた。

□■□■

宙を泳ぐように落ちていくストール。
空と海の狭間《はざま》で、風にたゆたう七色の残光。
このまま海に落ちれば、波に巻かれて見失ってしまう。

虹の女神様が彼方に託した羽衣がスローモーションで遠ざかる。

このまま手を伸ばすだけでは間に合わない。

迷いは、なかった。

俺は走るスピードを落とさず、そのまま崖の外側に飛び出した。

「届けーーッ‼」

浮遊感。

足元を喪失した恐怖が一瞬で全身に行き渡ったと同時に落ちていく。

眼前に広がる月に星、海に虹。

その美しい光景が猛スピードで滑り落ちようとする。

だが、命懸けの跳躍によって俺はストールを確かに摑《つか》んだ。

手のひらに収めた虹の力を宿す羽衣。

触れた刹那《せつな》、七色の光を直接脳内に浴びせられたような衝撃が自分の中を駆け抜けた。

虹色に輝く力の奔流《ほんりゅう》は、モノクロに思えた俺の記憶に失《な》くしていた色を復元させていく。

感情という彩《いろど》りを取り戻したことで、俺の中のズレが解消された。

「――。後は任せた、彼方」

「よくやったんだぞ。虹の女神がすべて救ってやる」

俺は摑んだストールを懐《ふところ》に引き寄せた。

手渡すように、預けるように、託すように、俺のバッグの中に隠れていたうさぎが受け取る。

彼方から七色の輝きが炸裂《さくれつ》する。

膨大な光が夜を照らし上げた。

あまりの眩《まぶ》しさに目を閉じるが、いつまで経《た》っても落下の瞬間は訪れない。

「死んだのか？」

俺が馬鹿《ばか》みたいに呟《つぶや》く。

まだ宙に浮いている感覚さえある。即死したから幽霊にでもなるのだろうか。あれ、幽霊だから脚はないのか。

「は？」

「生きているに決まっているんだぞ！」

彼方の声で目を開くと、崖の高さより遥《はる》か上空にいた。

「フハハハハハ、虹の女神の復活なんだぞ！」

島中に響き渡らんばかりの高笑いをしながら、彼方は俺を小脇《こわき》に担《かつ》いでいた。

「彼方なのか⁉」

俺が見上げる先には別人がいた。

見慣れた幼女の姿でも、小さなうさぎでもない。

成熟した女性になった虹乃《にじの》彼方だ。

ストールを取り戻した一瞬で、彼方は大人の姿に変身していた。

「もちろん。やっぱり元の姿が一番しっくりくるんだぞ。これこそが真のぼくだ！」

大人の姿になれて、彼方はウキウキだった。

絵にも描けない美しさの絶世の美女。

その正体が彼方であることを示すように、頭にはうさぎの長い耳がついている。

「女神なのに、バニーガールみたいだな」

細い腕に絡ませた羽衣は重力を無視して、フワフワと宙に浮いていた。

「貴重な本気のぼくを見られた最初の感想がそれか⁉」

信じられん、と彼方は不服そうに唇を尖《とが》らせる。

「いや、すごく美人で驚いているだけだ」

「であろう。これぞレディーに相応《ふさわ》しい色気と風格なんだぞ」

ぴょこり、と長い耳が動く。

女神のごとき神々《こうごう》しさとバニーガールの色気と、うさぎのようなかわいらしさを兼ね備えた彼方は眩しくて美しい。

だが、その言動は間違いなく、俺とこの一年を一緒に暮らした彼方そのものだ。

「ところで、俺達って宙に浮いているのか？」

空中で話しているのに、いつまでも自由落下がはじまらない。

「虹の女神なら造作もない」

「すげえな、女神様」

どうやらコツコツと羽衣に貯めこんできた虹の力のおかげらしい。

ふたり分の重さでも平然と空中に浮かんでいた。

「いいぞ。もっと褒めたたえていいんだぞ」

彼方は鼻高々にさらなる賞賛を欲した。

「助かったよ、彼方。おかげで天国に直行しなくて済んだ」

「――、ぼくも感謝する。が、相変わらず無茶ばかりしすぎなんだぞ。あんな自殺行為はもう二度とするなよ」

「わかっている」

「今回はぼくも間にあってよかったんだぞ」

彼方はやさしい眼差《まなざ》しでこちらを見た。

「で。今のおまえは、どっちなんだぞ？」

彼方は慎重な声で訊《たず》ねてきた。

さすがは虹の女神様である。

俺の変化もしっかりと見抜いていた。

「安心しろ、俺は俺だ。アイドルファンで、鈍い瀬武継陽のままだ」

ストールに触れた瞬間、虹の力が俺に流れこんだ。

オリジナルとレプリカの人格はついに統合され、俺の記憶と感情は元通りになった。

欠けた感情が正常に回復して、過去の記憶に付随していた感情も取り戻す。

その結果として——俺という意識はビックリするほど今までと変わらなかった。

彼方は安堵《あんど》の表情を浮かべる。

「だが、髪色までは戻らなかったようだな」

「もう銀髪には見慣れたよ」

□■□■

彼方は空から崖上に音もなく悠然と舞い戻った。

無事に降ろされた俺は、足元の固い感触にほっと胸を撫《な》で下ろす。

「継陽、生きてる？　落ちたけど大丈夫なの？」

駆け寄ってきた蘭が俺の身体《からだ》中を触ってくる。

「俺は問題ない。ぜんぶ彼方のおかげだ」

「このセクシーなお姉さんって彼方ちゃんなの？　すごく大人になっているし、さっきまで空に浮いてたよね？　イリュージョン？　ライブの演出？　ワイヤーで吊《つ》り上《あ》げられたとかじゃないよね？　クレーンとかないし」

蘭はまだ信じられずにいた。

ふたりが並ぶと、十九歳の蘭も子どもに見えるほど彼方の身長や佇まいは大人に見える。

「さぁてレプリカ、よくもぼくをコケにしてくれたな。目に物見せてやるが、その前に――」

眼を鋭く細めて、彼方は不敵な笑みを浮かべる。

俺の横から瞬時に消えたと思ったら、レプリカのランのところに移動していた。

「貸しひとつだぞ」

「え？」

彼方はレプリカのランの拘束から久良羽をあっさり取り返して、俺と蘭の前に戻ってきた。

「ほれ、小娘は助けたぞ」

彼方は朝飯前とばかりの早業《はやわざ》だった。

「あの女神像と一緒なんだ……」

久良羽は変身した彼方に、そんな感想を漏《も》らす。

言われてみれば大人になった彼方の姿は、海浜公園の女神像の姿とそっくりだった。

最大の違いは、頭にうさ耳の有無くらいか。

あ、お尻《しり》の上にはふわふわした毛玉のような尻尾《しっぽ》もあった。

「今度こそぼくを敬うんだぞ」

彼方は得意げに久良羽を見下ろす。

「さすがにもう信じるよ、彼方ちゃん」

「久良羽、ごめんね。あたしが無理やり復帰してほしいなんて思っていたから」

「そんな風に願ってくれる人がいてくれて、私のアイドル人生は幸せだったよ。ありがとう、蘭ちゃん」

感極《かんきわ》まった蘭は久良羽に抱きつき、久良羽はそんな蘭の背中をそっと撫でる。

その光景は、サマーモンタージュ・カフェでふたりが再会した瞬間の焼き増しだ。

なにがあっても揺るがない関係性はとても尊い。

「あとは、あのレプリカだな」

形勢は逆転した。

もう後がないのに、レプリカのランは崖っぷちから動こうとはしなかった。

久良羽を取り返しに来ることも、逃げることもしない。

静かな表情で諦《あきら》めたように、最期《さいご》の瞬間を待っているように見えた。

「ふてぶてしいにも程があるんだぞ。どうしてくれるか」

ストールを奪われたことが頭にきている彼方は、変わらず臨戦態勢。

徹底的に仕返ししてやると息巻いていた。

「……あのレプリカは罰を待っているんだよ」

俺の言葉に、他の三人が振り返る。

「蘭のレプリカは、久良羽を辞めさせてしまった蘭自身を責める罪悪感から生まれたんだ。そして久良羽をアイドルに復帰させる上で、障害になりそうだった伊達《だて》マネージャーや俺を排除しようとした。その願いさえ完全に叶わないとわかった以上、蘭の罪悪感はどうすれば消えるのか」

「決まっている。畏《おそ》れ多《おお》くも女神の羽衣を盗んだ大罪人なんだぞ。ぼくが手打ちにしてくれる！」

「待て、彼方」

「今いいところなんだから水を差すんじゃないんだぞ！」

「あのレプリカをどうするつもりだ？」

「いつも通り、消し去るだけだ。本来いるべきではない心の影を元の無に還《かえ》す。あれらを出現させた虹の力はすべて、このストールで回収する」

彼方はストールに触れて、軽く持ち上げる。

「彼方。最初から女神になれば苦労せずに済んだのに、なんで出し惜しみしてたんだ？」

俺が野暮《やぼ》なツッコミを入れると、彼方は美貌《びぼう》を激しく歪めた。

「愚か者め！　ぼくが夜な夜なレプリカを対処し虹の力を集めていたのは、こうして真の姿に戻るためだ。一年かけて、ようやく満タンに近づいたのだ。おいそれと無駄遣いできるか！　ぼくだって自由に戻れるなら、とっくにやっているんだぞ！」

「虹の女神様もいろいろ大変なのね」

久良羽は同情する。

「ねぇ、継陽。あたしの、この気持ちをどうにかできるの？」

蘭は期待をこめた目で見てくる。

「この期に及《およ》んで、まだ手心を加える気か？　危うくまた死にかけていたのだぞ」

彼方は俺の変わらなさに呆《あき》れ返《かえ》る。

「同じアイドルファンだからな。引退したアイドルに対して、蘭のレプリカが望んでいることはわかるんだ」

俺は確信をこめて断言する。

「罪人《つみびと》を裁くのは人間の仕事だ。介錯《かいしゃく》なら勝手にせよ。虹の女神であるぼくには関係ないんだぞ」

「だけど――忘却の虹なら忘れさせてくれるんじゃないか？」

俺は彼方を見上げる。

その背後には、夜の虹が輝く。

皮肉にも、かつての夜虹島《やこうじま》は流刑地だ。

罪を負った者がこの島に流れ着く。

夜の虹に降られた者は、別人のように変わる。

島に残される伝承や絵巻物から推察する限り、虹の女神様は自分の意志で虹を降らしている描写がある。

ならば二代目の彼方も同じことができるはずだ。

俺の意図を察して、彼方はハッと表情を強張《こわば》らせた。

「嫌なんだぞ！　虹を降らせるのはさらに虹の力を消費する。決着はついた！　あのレプリカを対処して、おしまいなんだぞ」

どうやら当たりらしい。

彼方は羽衣の両端をそれぞれ手で握って拒絶する。

「そんな救いや奇跡があってもいいだろう？」

「せっかく虹の力を貯めたのに……」

「お願いだ、彼方」

「どれだけアイドルが好きなんだぞ」

「瀬武継陽なら最後の瞬間まで応援する。久良羽や蘭が一番ピンチの時に、俺は応援することができなかった。せめて今度くらい救わせてくれ」

「お人好《ひとよ》しも大概にせい！」

「アイドルにガチ恋するのがファンってもんなんだ」

「偉そうなことを言うな。たかがアイドルに散々振り回されて、人生を台無しにしかけたのはどこの誰なんだぞ！」

彼方の言うことは正しい。

アイドルに入れ込みすぎるのは愚かな真似なのだろう。

「――それでも、俺はビヨンド・ジ・アイドルに立石蘭がいてほしい！　アイドルを辞めてほしくないんだ！」

要するに、推しのアイドルが辞めないためならファンは必死になる。それだけの話だ。

「……おまえ、すごーく厄介な男なんだぞ」

彼方は心底呆れ返っていた。

「悪いな、彼方。もうしばらく俺に付き合ってくれ」

「ぬかせ。ぼくが、おまえを見限るとでも思ったか?」

「ありがとう」

俺は彼方に礼を述べて、今度は久良羽に向き直る。

「久良羽も協力してくれ。蘭の、夢を叶えさせてやってくれ。それは俺の夢でもあるんだ」

「もちろんです。私にとって立石蘭は理想のアイドルなんですから！」

久良羽は笑顔で応じる。

「じゃあ一夜限りの復活といこうか。これがほんとうに最初で最後のダブルセンターだ。そして、アイドル・恵麻久良羽の幻の引退ライブだ」

俺が目で合図をすると、彼方は渋々といった態度でその手を天に掲げる。

「ぼくってばマジ女神。超やさしいんだぞ」

羽衣が一際《ひときわ》強い光を帯びる。

彼方が突き上げた手を握り、それを地上へ振り下ろす。

すると夜空が急に明るくなる。

「――。瀬武先輩、そういうこと？」

久良羽は俺のやりたいことに気づく。

「そうでないと久良羽と蘭が観客にはなれないだろう」

夜の虹は、恵麻久良羽の頭上に降《ふ》り注《そそ》いだ。

七色に輝く光の柱の中に久良羽の姿が消える。

「久良羽⁉」

慌てる蘭の腕を、俺は掴む。

「大丈夫。特別ゲストを呼び出しただけだ」

「誰を？」

「そんなの、決まっているだろう」

七色の光が晴れる。

登場の演出にはド派手なくらいがちょうどいい。

彼女もまた自分の役目をわかっているように、堂々たる立ち姿だった。

「継陽くん。そんなにクラウにまた会いたかったんですか？　仕方ないな。今回だけは特別ですよ」

レプリカのエマクラウが満を持して現れた。

かわいらしいツインテールに、蘭と対を成す煌《きら》びやかなアイドル衣装。この世で一番魅力的な笑顔を浮かべて、理想のアイドルが降臨する。

そして、左右の手にはそれぞれマイクが握られていた。

「ほんとうに、久良羽がふたりに増えた。しかも『七色クライマックス』の衣装だ」

レプリカのエマクラウを見た途端、蘭はまた泣いていた。

その反応は完全にアイドルファンのそれだ。

「まさか、もう一度顔を合わせるなんて俺も驚いている。来てくれてありがとう」

横で久良羽は若干複雑な顔で、自分そっくりの影を眺めていた。

「ファンの熱い声援には応《こた》えないと。喜んでアンコールをしちゃうよ！」

レプリカのクラウは自分のすべきことを理解していた。

「クラウ、ぶっつけ本番だけどイケるか？」

俺はあえてマネージャーっぽく確認してみた。

「継陽くん。ファンのために全力全開でパフォーマンスするのがアイドルだよ」

クラウの態度は相変わらず自信満々だ。

「このレプリカ、前とぜんぜん変わらないんだぞ」

彼方は自分の仕事は終わったと、腕を組んで俺達の後ろに立っていた。

「なら紅白で披露されるはずだった幻の振り付けで、『七色クライマックス』を頼む。最後に生でダブルセンターを見てみたくてな」

「リクエストありがとう。……継陽くん、なんか変わったね？」

レプリカのクラウは上目遣《うわめづか》いに俺を観察してきた。

「そうか？」

「うん。ただの一般男性になっちゃっている」

「――。本来の俺は、こんなもんだよ」

「そうだね。ただのファンはファンらしく熱い声援を送ればいいの」

レプリカのクラウはウインクを飛ばして、軽《かろ》やかな足取りでもうひとりのレプリカに近づいていく。

そのレプリカ同士の邂逅《かいこう》を、俺達は離れた場所から見守る。

「ねぇ瀬武先輩。どうして、こんなことを思いついたんですか?」

隣に来た久良羽が静かに囁《ささや》く。

「推しのアイドルが引退するからには、きちんとセレモニーをしてもらわないとファンも踏ん切りがつかないんだよ」

「……私はステージに立てないまま辞めたから、卒業ライブも開催できなかったですからね」

「それにさ、アイドル本人達だけは絶対に客席側から自分のパフォーマンスを見れないだろう。せっかく同じ人間が同時にふたりずついるんだ。きっちり見納めしておけよ」

蘭はもう固唾《かたず》を呑《の》んで、ふたりのレプリカの一挙手一投足を見守っている。

向き合うランとクラウ。

その構図は映像で何度も見た。

両者の間に言葉はいらない。

クラウは二本あるマイクのうちの一本を、ランに手渡す。

ランは迷わずマイクを受け取った。

あれほど虚《うつ》ろで陰鬱《いんうつ》だったレプリカのランに生気が戻る。

身に纏《まと》う華やかな衣装に相応《ふさわ》しい、眩しいばかりの明るい雰囲気を解き放つ。

スポットライトはないけれど、彼女達は輝いていた。

目と目で通じ合うように既定のポジションに立つ。

さぁ準備は万端だ。

客席側の俺達も今や遅しと幕開けを待つ。

そして、真夏の夜に奇跡のライブが幕を開ける。

□■□■

映像では伝わり切れない現場の空気感というものがある。

どれだけ優れた書き手が言葉を尽くしたところで、あの生の瞬間を完璧《かんぺき》に伝えることなどできない。

ライブとは単純に生のパフォーマンスを聞きに行く場ではない。

その場に居合わせた全員が同じ時間、同じ空気を共有し合うことでしか生まれない熱を味わうために参戦するのだ。

久良羽と蘭は、はじめて生で見る自分達のライブをどう感じたのだろう。

ふたりの視線はレプリカ達の見事な歌とダンスに釘《くぎ》づけだった。

誰も実物を目にすることが叶わなかった『七色クライマックス』紅白バージョンの振り付けを完璧に最後までやり切った。

曲が終わると、レプリカのランははじめて表情を浮かべた。

オリジナルの立石蘭そっくりな太陽のように眩しい満面の笑み。

そんなレプリカのランを愛おしげに見つめるレプリカのクラウ。

ライブの熱と余韻に浸りながらお互いに視線を交わし合うと、ふたりは手を繋《つな》ぎながら七色の光に包まれながら空に消えていく。

退場の瞬間まで笑みを絶やさず、感謝の眼差《まなざ》しを客席に向けながらステージを去っていった。

あまりにも素敵な夜だった。

間違いなく、生涯忘れられないライブだ。

眩しくて、愛おしくて、見ているだけで多幸感に満たされる夢のような時間だった。

「はぁーこれで虹の力をまた集め直しか。ぼくの心の広さは海よりも広いんだぞ」

夕暮れの海沿いの道を、俺《おれ》は自転車で駆ける。

ボディーバッグの中には自らの意志で再びうさぎの姿になった彼方《かなた》がすっぽりと収まっていた。

彼方はこうした狭い空間に収まるのは嫌いではなかったらしい。

本人曰《いわ》く、おまえが勝手に運んでくれるから移動するのも楽、とのこと。

カンガルーのお腹《なか》のポケットみたいに、小さな顔をちょこんと出して俺と話している。

ようやく取り返した虹の女神の羽衣ことストールも、きちんとバッグの中に入っていた。

「感謝しているよ、彼方。おかげで最後にいいものを見れた」

「まぁ、あのふたりの歌と踊りは確かに見事だった」

彼方はかわいらしい鼻先をヒクヒクさせて、渋々という態度で同意する。

「珍しく褒めたな」

「無論だ。女神たるもの、優れた美に対する理解があるのも当然なんだぞ」

ちょうど海浜公園の広場が見えてきたので、俺は一度歩道に上がって自転車を止めた。

「あの女神像って大人の彼方そっくりだけど、なにか関係があるのか？」

改めて、虹の女神像を観察する。

バニーガールのような特徴的な長い耳飾りや尻尾《しっぽ》を除けば、ほぼ大人になった彼方の引き写しである。

「おそらく、ぼくをモデルにしたのであろう」

「曖昧《あいまい》な答えだな」

「ぼくは虹の女神だぞ。人間のやることなどいちいちチェックなどしない。興が乗って人里へ下りた時に、ぼくの姿を見たのだろう。信仰の対象としてはよくできているから看過しているにすぎん。ブサイクに作っていたら即破壊なんだぞ」

なんというか、どれだけ人間に近い姿をしていても彼方は人間ではないということをふいに思い知らされる。

人間の短い一生に比べれば、物事や時間の捉《とら》え方は異なってくる。

「へぇ。今みたいに、あの彫刻家の家で世話になっていたとかじゃないんだな」

「人間の家に住み着くなど本来はありえない」

「じゃあ、なんで俺とまだ一緒に暮らしているんだ？」

「不服か？」

「まさか。彼方なしの生活なんて考えられないよ。離れずに済んでよかった」

こいつが側《そば》にいたから、レプリカに振り回された一年を乗り切ることができた。

「ふん。ぼくは今の暮らしを気に入っている。食う寝る遊ぶのこーんな快適な生活を手放すわけがないんだぞ」

「ホテル暮らしみたいな気ままさだな」

そりゃゲームは一日遊び放題、家事も一切合切《いっさいがっさい》丸投げの悠々自適な生活なら俺だってしてみたい。

ただ今のうさぎの姿をした彼方が言うと、飼い主から甲斐甲斐《かいがい》しい世話を受けているペットの感想にも聞こえて笑ってしまう。

「ぼくは虹の女神だぞ。敬って当然だ」

「はいはい」と俺は再びペダルに片足を乗せて、走り出そうとする。

ちょうど真横をトラックが通り抜け、その風圧で彼方の長い耳が揺れる。俺は咄嗟《とっさ》に片手で彼方に庇《ひさし》をつくった。

「苦しゅうない。小さいとこういうところが不便なんだぞ」

「海鳥に食べられるなよ？」

「失敬な！　ぼくのキックで返《かえ》り討《う》ちにしてやるんだぞ」

彼方は不機嫌そうに、ぶぅと鼻を鳴らす。

怒っているのにかわいいのだから、困ったものである。

□■□■

港の待合いスペース近くにあるカフェで、カリスママネージャー・伊達塔子《だてとうこ》は封筒を手渡ししてくる。

「はい、アルバイト代。お仕事、ご苦労様でした」

「もう一度訊《き》きますけど、ほんとうにいただいていいんですか？」

「おまえ、貰《もら》えるものは病気と借金以外なら受け取っておくのが礼儀だぞ」

俺の隣でケーキとジュースを頬張《ほおば》る彼方は見慣れた幼女の姿で偉そうにアドバイスする。

「その子の言う通り。君といたおかげで蘭《らん》の顔つきが以前より明るくなったのよ。十分すぎる仕事をしたわ。マネージャーとして感謝しています。瀬武継陽《せぶつぐはる》くん」

「そんな畏《かしこ》まらないでください。こっちが恐縮しますので」

「蘭ともさっき話してね。新メンバー・オーディションのＯＫを貰ったの」

伊達さんは大きな重荷が下りたような顔を見せる。

カリスマと呼ばれる彼女の中でも長い葛藤《かっとう》があったのだろう。

その一区切りに貢献できたのなら、ビヨンド・ジ・アイドルの古参ファンとしては光栄の至りだ。

「よかったですね。ビヨアイのさらなる飛躍を楽しみにしています」

俺は受け取りのサインをして、一日マネージャーのバイト代を受け取った。

「あーそれにしても、東京帰りたくない。仕事したくない。このまま私だけ滞在を延長しようかしら」

事務的なやりとりを済ませると、伊達さんはキリッとした空気を緩《ゆる》める。

「他に影響がなければ、それもいいんじゃないんですか。泳げるようになるまでならかなりの長期休暇になるのでは？」

伊達さんは松葉杖《づえ》をついての退院となった。

足首は痛々しい包帯できっちり固定されていた。

「まさか南の島まで来て、病室から海を眺めるだけで終わるとは……」

「いい骨休めですよ。骨折りになるよりマシじゃないですか」

「けど、水着になって海で泳ぎたかったぁ」

伊達さんは本気で残念がっていた。

多忙なカリスマママネージャーも相当ストレスが溜《た》まっていたらしい。

今回の撮影旅行では伊達さん自身もしっかり休むようだった。

ただ、普段よりはたっぷりベッドで横になれたのだから十分な休養にはなったはずだ。

「働きすぎなんじゃないですか？」

「好きを仕事にすると、いつの間にかワーカホリックになりやすいのが難しいところね。どこかに丸投げしても、私の期待以上の成果を出せる優秀な部下はいないかしら」

伊達さんは冗談っぽく嘆く。

「また来てください。なにか夜虹島《やこうじま》に来る仕事を仕掛けられるでしょう。今度はビヨアイ全員でライブをしてくれると嬉《うれ》しいです」

「――君が東京に来る方が早いんじゃないの？」

伊達さんは、意味深な表情で妙な言い方をする。

「？　ならチケットを融通してください。東京観光がてらみんなを連れて、観に行きますよ。できるだけいい席をお願いします」

悠帆《ゆうほ》や錬太郎《れんたろう》にとっても、いい機会だ。

「そういう意味じゃないんだけどな。……瀬武くん、なんか雰囲気変わったね」

「会ったのは二日ぶりですよ？」

「人間の成長に日数は関係ないよ。人を見る目には自信があるの」

「頼もしいです」

「君は変わった。ぎこちなさが消えた。心当たりはない？」

伊達さんの断言は力強くて、説得力があった。

ビヨアイのメンバーが信じてついていくのもよくわかる。

「現役《げんえき》アイドルの一日マネージャーっていう貴重な経験をさせてもらいましたから」

「そういうテンプレな返しはいいから。たとえば、ひと皮剝《む》けて、大人になったとか?」

「この短期間で、誰《だれ》とどうなるっていうんですか?」

「職業アイドルはスキャンダルを避けるに越したことないけど、恋愛そのものを私は禁止していないもの」

「アイドルのマネージャーがそんなこと言っていいんですか?」

「むしろ恋する女の子はそれだけでかわいいし、なにより綺麗《きれい》になるもの」

「一理あるかもですね」

「他人事みたいに言って。君の周りの女の子なんて、恋する子ばっかりじゃない?」

「そうなんですか?」

「うわぁ、その中に久良羽《くらう》も放り出されるなんて気の毒。瀬武くんって芸術的な鈍さね」

人格が統合されたところで、瀬武継陽の鈍さはやはり生来のものらしい。

「ま、君のそれは立派な武器でもあるから、その大胆さを忘れないでよ。困るから」

「困る?」

「君、意外とアイドルのマネージャーに向いているわ。今高二だっけ?」

「そうです」

「高校を卒業して東京に来るなら、うちの事務所で正式に働かない？　キツイ業界で年中人手不足だから、見込みのある子はいつでも大歓迎よ。連絡をちょうだい」

最後に名刺を手渡された。

□■□■

「あー満喫した。楽しかったぁ」

蘭は、港のギフトショップでたっぷりとお土産《みやげ》を買いこんでいた。

「いくらなんでも買いすぎじゃない？　蘭ちゃん、爆買いしすぎ」

「なんかテンション上がって止まらなくて。久良羽のオススメしてくれたレイラちゃん人形、他のメンバー全員分も買ったから、しっかり布教しておくよ」

今日は夕方までオフで、久良羽と蘭は島の観光をしていたそうだ。

久しぶりにふたりきりでのお出かけをずいぶんと満喫できたようでなによりだ。

両手いっぱいの袋には島の名産品やお菓子にTシャツなど目についたものを手当たり次第に買いこんだ感じだ。

「みんなもわざわざ見送りに来てくれてありがとう」

フェリーの夜便で東京に戻る蘭を最後に見送るために、みんなで港に集まることにした。

俺に彼方、悠帆とアイラ、錬太郎もいる。

「せっかくだし記念撮影しよう！　あ、あの写真パネルの前とかどう？」

蘭が指差す先には、レイラちゃんパネルである。

「顔の穴に入るのは、もちろん瀬武先輩ですよね？」

久良羽がニヤリと微笑《ほほえ》む。

「またなのか？　そこは主役の蘭に譲るよ」

「継陽くん！　それじゃあ蘭ちゃんの身体《からだ》が隠れちゃうから勿体《もったい》ないよ！」

アイドルファンである悠帆がすかさず反論する。

「誰だっていいじゃない。継陽がごねるなら、錬太郎。あんたが入れば？」

アイラは無慈悲なキラーパスを幼なじみに投げる。

「ちょっ待てよ！　いくらなんでも適当すぎるだろう！　なんでアイラは俺にばっかり手厳しいわけ？　幼なじみを軽視しすぎだろう」

「変なこと言わないでよ。私は悠帆は大切にしているもの」

アイラはいつものように悠帆をしっかり抱きしめる。

「逆男女差別だ」

錬太郎がどうしても不満らしく、やはり俺がパネルの穴から顔を出すことになった。

集合写真は誰もが笑っており、とてもいいものが撮れた。

「そうか、俺はもうふつうに笑えるんだな」

人格が統合されたことで、もう無表情で無感動だった瀬武継陽ではなくなった。

それをようやく自覚することができた。


出発の時刻がいよいよ来た。

撮影チームは既にフェリーに乗船しており、残すは蘭と伊達さんだけだ。

「蘭。そろそろ行くわよ」

松葉杖で立つ伊達さんが呼びかけた。

この島を離れれば、またアイドルとしての忙しい日々がはじまる。

蘭はひとりひとりに思い出と感謝を伝えていた。

「未来の神主さん。これからもがんばってね」

「うちの神社が、ビヨアイファンの聖地になるのを楽しみにしています！」

錬太郎と握手を交わすと、次はアイラだ。

「立石《たていし》蘭さんに来ていただいて――」

「アイラちゃん、堅苦しいことはなし。あたしから言いたいことはひとつだけ。遠慮していたら後悔するよ。人生、とりあえず行動が肝心だからね！」

蘭の言葉に、アイラは非常に複雑そうな困った顔になっていた。

「悠帆ちゃん、ずっと応援ありがとうね。あたし、これからもファンのためにがんばる」

「本物の蘭ちゃんとお話しできて夢のような時間でした」

「うん。やっぱりアイドルは実際に見てみないとね」

アイドル好きである蘭と悠帆は固い握手をしていた。

蘭は彼方の目線の高さまで膝《ひざ》を屈めた。

「彼方ちゃんのおかげで、一生の思い出ができました。ありがとう」

「ずいぶんと手を焼かされたんだぞ」

「ご迷惑をおかけしました」

首に巻いたストールを大切に摑《つか》む彼方に、蘭は軽く一礼した。

そのまま横にいる俺に来ると思いきや、蘭は先に久良羽の前に立つ。

「あたし、もうアイドルを続けるのが嫌になってたんだ。だけど、この島に来たおかげでまた未来に目を向けられた。ステージから去ってもアイドル・恵麻《えま》久良羽はあたしにとって永遠のアイドル。それだけは死ぬまで変わらないから」

「蘭ちゃん、ありがとう。また、会えてよかった……」

久良羽は万感の想《おも》いがこみ上げてきたように、大きな瞳《ひとみ》を潤ませる。

「いっぱい話せて楽しかった。久良羽はあたしの親友だよ」

今度は蘭が泣き崩れそうになる久良羽をやさしく抱きしめた。

「また遊ぼうね、蘭ちゃん。大好きだよ」

「もちろん。これからは憧《あこが》れるだけじゃなくて、恋敵《ライバル》としてもよろしく」

「え？」

最後の一言に、久良羽は息を呑《の》んでいた。

蘭はその驚いた反応を満足げに確かめると、再び俺の前に立つ。

「さて、元・一日マネージャーさん！」

蘭はなにか急に気合いを入れて向き合ってきた。

「蘭も身体に気をつけて。しんどくなったら、ちゃんと休め」

「もう大丈夫だよ。あたしがアイドルを続けられるようになったのは継陽とまた会えたおかげ。だから、特別なお礼をさせて」

「初恋のアイドルとこんなにたくさん話せただけで十分だ」

「――あたしの方が足りないの」

蘭は一歩近づくと、背伸びをして俺にキスをしてきた。

大勢の人が行き交うフェリーの待合いで、友達が見ている目の前で、マネージャーが背後に控えている状況で、堂々と一般男性である俺にキスをした。

それは一瞬だった。

だけど、確かに彼女の温《ぬく》もりを感じた。

蘭は照れた笑みを浮かべて、後ろに下がる。

「えへへ。アイドル立石蘭、初のスキャンダルかも」


「今のって……」

「あんまり遅いと予約キャンセルしちゃうぞ。だから、早く側に来てね」

「ライブのチケットじゃないんだぞ」

「あと一年くらいは待ってあげる。この続きがあるのを楽しみにしているね」

蘭はそう意味深に言ってサングラスを再びつけると、俺の答えも待たずに軽やかに去っていった。

伊達さんも蘭の楽しげな背中に説教を浴びせながら追いかける。

ふたりの姿は、フェリーの方へ消えていった。

「継《つぐ》ちゃん、もう言い逃れできないぞ！」

「ちょっと継陽、今のなによ！」

「継陽くん、さすがにファンとしては超えちゃいけない一線だよ！」

「瀬武先輩。蘭ちゃんと仲良くなりすぎです！」

「やれやれ。女神の加護だけでは足りないとは、おまえは罪深い男なんだぞ」

五人の反応に、蘭のキスがどうやら幻ではなかったことを自覚する。

「……ファンサービスにしてはやりすぎだよな」

俺が誤魔化《ごまか》そうとしても、彼女らが納得するはずもない。

この後小一時間ほど問い詰められるのだが、それはまた別の話。

ただ、大事なのでこれだけは言わせてくれ。

みんなのアイドルが俺にガチ恋するわけがない――――こともない。

あとがき

はじめまして、またはお久しぶりです。作者の羽場楽人《はばらくと》と申します。

この度は『みんなのアイドルが俺にガチ恋するわけがない』二巻をお読みいただきありがとうございます。

人気アイドル・立石蘭《たていしらん》との再会をきっかけに、瀬武継陽《せぶつぐはる》の止まっていた時間がついに動き出す。他のヒロイン達との関係性にも変化が訪れて、伝承に語られる虹の女神様が降臨する。

不思議な要素も備えたラブコメらしい、虹のようにカラフルな物語をお送りしました。

本作の立ち上げ時から書きたかった彼方《かなた》大人Verをようやくお披露目です。


一巻の決着が本音との和解なら、二巻は本音からの解放です。

人間誰しも自分の気持ちを完璧にコントロールなんてできません。

アイドルを続けたかった恵麻久良羽《えまくらう》は、その夢を諦めきれませんでした。

アイドルを続けていた立石蘭は、笑顔の裏で罪悪感に苛まれていました。

悲しい事件をきっかけに分かれた道は、鈍感なファンの応援と虹の女神様による一夜限りの奇跡によって再び交差することができました。

人間は娯楽から活力をもらい、前を向けることもあります。

本作が、読者様の日常を少しでも彩られれば幸いです。

ぜひ #みんドル をつけて購入報告や感想をＳＮＳで呟いたり、周りに紹介していただけると私も嬉しいです。


また電撃文庫で書いている『わたし以外とのラブコメは許さないんだからね』でも、立石蘭の所属するビヨンド・ジ・アイドルについて劇中で触れられています。合わせて読むとさらに楽しめますので、どうぞよろしくお願いします。


最後に謝辞を。

担当編集のさわお様、前担当のわらふじ様、デザイナーの杉山《すぎやま》様、そしてイラストレーターのらんぐ様をはじめとした本作の出版に携わった全ての皆様に感謝いたします。

ありがとうございました。

それでは羽場楽人でした。またお会いできる日を楽しみにしています。

ＢＧＭ：[Alexandros]『あまりにも素敵な夜だから』

ファンレター、作品の
ご感想をお待ちしています

〈あて先〉

〒106－0032
東京都港区六本木2－4－5
SBクリエイティブ（株）
GA文庫編集部 気付

「羽場楽人先生」係
「らんぐ先生」係

本書に関するご意見・ご感想は
右のQRコードよりお寄せください。

※アクセスの際や登録時に発生する通信費等はご負担ください。

https://ga.sbcr.jp/

みんなのアイドルが
俺《おれ》にガチ恋《こい》するわけがない2

発　行　　2022年7月31日　初版第一刷発行
著　者　　羽場楽人
発行人　　小川　淳

発行所　　SBクリエイティブ株式会社
〒106−0032
東京都港区六本木2−4−5
電話　03−5549−1201
03−5549−1167（編集）

装　丁　　杉山　絵

印刷・製本　中央精版印刷株式会社

ISBN978-4-8156-1175-0
Printed in Japan

GA文庫

試読版は
こちら!

試読版は
こちら!